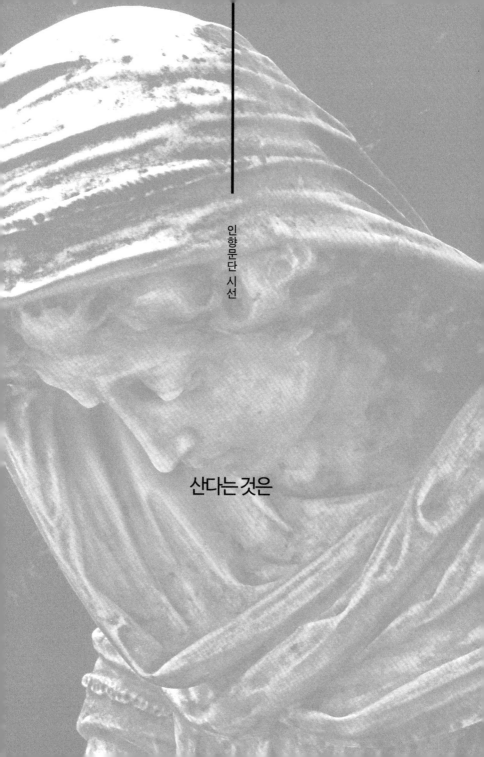

인 향 문 단   시   선

산다는것은

每恩 박귀옥

每恩 박귀옥 시인은 인향문단을 통해 시를 발표하며 등단하였습니다. 인향문단 3집과 인향문단 4집에 시를 게재하였고 지금까지 쓴 시들을 모아 [산다는 것을]이라는 개인창작시집을 출판하였습니다. 방송통신대학에서 문화와 교양학과를 공부하였고 문예창작에 대하여 더 깊이 있는 공부와 창작을 하기 위하여 현재는 서울사이버대학에서 문예창작학과를 다니고 있습니다.

인향문단 시선 007

산다는 것은

초판 인쇄일 2019년 7월 15일
초판 발행일 2019년 7월 15일

지은이 박귀옥
펴낸이 장문정
펴낸곳 도서출판 그림책
디자인 토마토
출판등록 제2010-000001
주소 경기도 수원시 영통구 이의동 웰빙타운로 70
연락처 TEL(010)2676-9912
E-mail khbang21@naver.com

산다는 것은

每恩 박귀옥

산다는 것은
- 시집을 내며

두 아들을 혼자 힘으로 키우며 살아온 삶은

긴 터널이었고 어둠이었습니다.

언제나 외줄 타는 마음으로 살아가는

절박한 삶들로 인해 많은 것을 잃어 버렸습니다.

그러나

삶의 비참한 현실이라도 꿈이 있었고

어둠이 있었기에 일출을 꿈꿀 수 있었고

절망이 있었기에 희망을 노래할 수 있었습니다.

한숨은 별을 노래하고

눈물은 꽃을 피우며 하늘을 바라볼 수 있었습니다.

힘든 삶은 나를 무너뜨릴 수 없었습니다.

이제 삶의 길고 긴 어두운 터널을 조금은 벗어나

행복한 인생의 여정에서

한 편의 시가

한 권의 시집이 되어 삶을 노래합니다.

산다는 것은 무엇인가?
나의 삶에서 소중하게 느끼는
가치와 의미를 그려봅니다.

시집이 나오기까지
격려와 응원을 해주시며 노력해주신
인향문단 방훈 대표님께 진심으로 감사드리며
인향문단에서 함께 창작 활동을 하시는 작가님들에게도
감사의 인사를 드립니다.
삶의 이야기와 감동이 있는 시를 쓰려고 노력했습니다.
함께하시는 모든 분들에게
평안과 행복이
삶 가운데
아름답게 빛나기를 기원합니다.

每恩 박귀옥 시인은 인향문단을 통해 시를 발표하며 등단하였습니다. 인향문단 3집
과 인향문단 4집에 시를 게재하였고 지금까지 쓴 시들을 모아 [산다는 것을]이라는 개
인창작시집을 출판하였습니다. 방송통신대학에서 문화와 교양학과를 공부하였고 문
예창작에 대하여 더 깊이 있는 공부와 창작을 하기 위하여 현재는 서울사이버대학에서
문예창작학과를 다니고 있습니다.

산다는 것은…… 시를 읽으면서 눈물이 난다

이 시집에 대해서는 시론의 대상이 아니라 그냥 한 여인의 행복을 빌어주고 싶을 뿐이다. 감상, 평가, 추천…… 이런 개념을 넘어서 한 시인이기 이전에 한 사람의 삶이 통째로 전해져 와 가슴이 아리기부터 한다.

시를 평하고 논하는 것 자체가 의미 없을 만큼 삶 자체가 들어 있고 애환이 고통이 그리고 사랑의 그 절절한 마디마디가 들어 있다.(물론 언어구사력 전달력 때문에 더욱 그렇겠지만)

문학과 낭만을 좋아하시던 아버지는 젊은 시절 부자유한 몸이 되어 평생을 한으로 살아가시고 한참 푸른 나무처럼 싱싱해야할 오빠도 나누지도 못한 미련만 남기도 가시고 그리곤 벗지도 못할 그 모진 삶의 무게를 홀로 짊어지고 온 어머니……

도란도란 시골 달뜨는 저녁 가족이 모여 앉아 식사를 나누던 그 행복은 그러하기에 시인의 절인 가슴 되새김할 가장 아름다운 소재가 되어버렸다.

한 생을 한으로 슬픔으로 고통으로 인내로 그리고 드디어 사랑으로 살아온 딸이자 동생이자 이젠 어엿한 두 아들의 어머니로서 삶.

참 수고 했다고…… 참 고생했다고…… 이젠 오로지 맑음과 행복과 웃음만 있으라고…… 그냥 기도해주고 싶을 뿐이다.

삶이 녹아 있는 시를 가장 좋아한다. 가족의 얘기 사랑의 얘기…… 서정과 낭만을 노래하고 자연을 읊조리는 음유와 풍유의 시도 감성의 실타래를 풀어놓게 하지만, 한 사람의 걸어온 길이 땀처럼 눈물처럼 뚝뚝 떨어지는 시를 좋아한다. 그것은 그의 삶 그 자체였기에, 허구보다는 다큐이기에……

굳이 평한다면 이 시인의 어휘력에 놀란다. 실타래처럼 술술 풀려나오는 그 언어의 구사력은 거침이 없다. 시인이 아니라 작가가 되어도 삶이 절절이 녹아나는 좋은 작품을 쓸 수 있을 것으로 보인다.

이제는 지난 슬픔보다는 이제는 다가올 행복에 집중하고 또 그 행복이 그를 초대하는 시간이길 바래본다.

2019년 봄에
김용희

김용희 교수는 시인이며 수필가이다. 전 성균관대 교수이며 현재는 서울사이버대학교 문예창작학과 교수이며 학과장으로 역임 중이다. 저서에는 수필집으로 빗장인문학, 욕망학개론 등이 있으며 시집으로는 도시의 달, 순수로 피는 꽃 등이 있다. 현재 한국문인협회 회원이며, 국제 pen협회 회원이다.

每恩 박귀옥 창작시집 - 산다는 것은
CONTENTS

1부 그리움의 끝에 서서

2부 산다는 것은

3부 꽃과 계절을 노래하다

4부 시, 내게로 오다

1부
그리움의 끝에 서서

어머니

어머니,
48년 동안 어머니로 살아주셔서 고맙습니다.
몸 한군데, 5장 6부가 다 타들어 가고
어느 한 곳 성한 곳 없이
살아오신 어머님!

제발, 제발 간절히 빌고 또 빌었지만
안타까움은 하늘을 찌르고
아무것도 할 수 없는 현실이 원망스럽습니다.
80년의 세월을 유수처럼 보내고
마디마디, 순간순간
고통의 시간을 살아오신 어머니!

새하얀 솜틀처럼
흰 눈이 소복이 쌓이고
어머니는 뜨개질을 하시고
온 가족이 둘러앉아
얼음 깊숙이 담아 놓았던 동치미를
화루에 구운 떡을 함께 먹으며
도란도란 이야기를 나누던
이 겨울날, 이제
이 추운 겨울에 어머니는 덧없는
육신을 떠나셨습니다.

제1회 이율곡 효자효부표창을 시작으로
봉평면장상과 단종제와 평창군수상과 강원 도지사상을 타기까지
힘든 역경의 삶을 살아오신 어머니!
하늘이 내린 효부로

부모님을 극진히 봉양했고
35년 동안 병석에 누운 남편의 고통을
안내로 극복했고
힘들고 어려움 속에서도 아들을 훌륭히 키워
가슴에 묻으신 어머니!

죄송해요, 고쳐드리지 못해서…
고맙습니다.
저희를 자식으로 훌륭히 키워주셔서…

숭고하신 사랑을 돌려 드리지 못하고
제 자식에게 그 사랑을 베풀겠습니다.
엄마 없는 세상을 단 한 번이라도
생각해본 적 없는데
그리움의 끝은 어딜지
아픈 가슴을 헤아려 봅니다.

겨울나무

칼바람은 내 빰을 잔인하게 스쳤지만
그건 아프지 않았다.
내 살이 찢긴다해도 그것 또한
아프지 않았을 것이다.
영구차는 백색 가루 곱게 뿌린 길 위를 침묵하고 달리고
소복차림으로 앙상한 가지 위에
높게 앉아있는 눈송이는
겨울나무의 장식보다
서러운 한이 서려 있는
그 길을 모두가 잠든 새벽에 달리고 있다.

몸살감기쯤 생각하고
동네병원을 나선 어머니!
창틀만 한 안경을 쓴 의사는
심각한 얼굴로
서울 큰 병원에 가보라며 급히 보냈다.
부랴부랴 서울 세브란스 병원을 찾아서
모든 검사를 받는 15일 동안
이미 어머니는 물 한 모금 넘기지 못하셨다.
일주일쯤 지났을까 의사선생님은 병명이
나오기 전에 돌아가실 수도 있다는 말씀을 하셨다
아……
고통으로 표현이 될까?
심장이 끊어지고 모든 핏줄이 막혀
역류할 것 같은
숨조차 쉴 수 없는 그 한마디는
가장 슬프고 가장 잔인한 말이었다.

된장 단지 세 개 만들어서
하나씩 나눠주신다고
침대에 누워서
집으로 돌아가실 꿈을 꾸신 내 어머니가
그 험한 세상 모든 고통을 온몸으로 받아서
오장육부가 이미 온전하지 않고
불에 타들어가는 고통을 감당하는 모습은
지금도 눈물이 난다.

집에 돌아가셔서 하고 싶은
꿈을 꾸고 계실 어머니!
봄이 되면 산나물 뜯어 자식들 챙겨 주고
온 산 다니시며 두릅이랑 고사리를 꺾고
앞마당에 예쁜 꽃 몇 송이도 심으시고
친구 분들과 꽃놀이도 계획을 한 어머니의 꿈,
이런데 육신은 점점 타들어 가고……

막내딸 나한테 특별히 애정을 주시며
태어나면서 아버지가 아파서
아버지의 정을 모르고 컸다고
늘 애지중지 하셨던 어머니!
아들 잘 키워 고맙다고
입버릇처럼 말씀하시고
병원 올라가는 내내
아들 잘 키워 고맙다고 수십 번 말씀하셨던 어머니!

병실 창밖에 눈이 내렸다.
눈보라가 치며 거센 눈은
어머니의 삶의 애환을 이야기하는지, 슬퍼하는지
하염없이 쏟아지고……

눈과 함께, 그 먼 길을 다시는 돌아올 수 없는
그 길을 떠나셨다.
유난히 많이 내린 눈이 왜 그리 서러운지
눈물이 한이 되어 쌓인 것인지
삶이 한이 되어 쌓인 것인지!
축축 늘어진 눈 쌓인 나뭇가지는
눈물과 탄식만이 내 가슴에 남는다.

아직 가을의 끝자락에서
겨울나무를 생각하며
숨 막히게 쌓이는 눈송이마저
남은 가지를 분지르고
한 많은 비명이 하얗게 골짜기를 울린다.

스웨터 하나 사드리고 싶다

스웨터 하나 사드리고 싶다.
연분홍 코스모스 고운 빛깔
따뜻한 스웨터 하나
울 어머니께 사드리고 싶다.
한가위 달 밝은 밤,
따뜻한 스웨터 곱게 차려입고
마당에 앉아 달구경 하실 울 어머니!

음식 몇 가지 해왔다고 고맙다는 말을
몇 번이나 했는지……
입맛 없어 밥 못 드신다 해도
조금 더 드세요.
형식적인 말만 할 뿐
따뜻한 죽 한 그릇 쑤어다가
엄니 앞에 놓아 드리지 못한 못난 딸은
입맛 없어 죽 한 그릇 못 먹을 때
그때 울 어머니가 생각나서
내 죽사발에 눈물 가득 흘려
가슴을 타고 내렸다.

하룻밤만 더 자고 가라고 붙드는
울 어머니 손 뿌리치고
이런저런 이유 붙여가며
홀연히 집을 나오니
신작로에 안 보일 때까지
마당가에 서서 한없이 쳐다보시던
울 어머니!

내 마음의 등대

당신 지금 어디 있습니까?
나 지금 길을 잃고 헤매며
당신의 고운 빛 가슴으로 받고 싶습니다.
언제나 발길 머무는 곳 손길 닿는 곳에
한없는 사랑을 담아 비춰주던 당신
지금 어디 있습니까?
어디라도 가서 당신을 만나고 싶습니다.
아직도 당신이 필요합니다.
어둡고 습한 곳 평생 그곳에서
묵묵히 비쳐주던 당신의 사랑이
심장이 찢어지는 고통처럼 그립습니다.
그리운 사랑이 당신이 나에게 준 사랑에
비교도 안 되겠지만
살아갈 수 있는 마음의 등대가 되어준 당신!

이제, 당신의 등대가 되어 드리고 싶은데
평생 받은 사랑을 돌려드리지 못합니다.
당신의 작은 불빛이라도 돼 드리고 싶은데
당신의 지팡이라도 돼 드리고 싶은데
그 큰 사랑 남겨주고 당신은 어디 있습니까?

어머니의 밥상

밤이면 아름답게 피어나는 달맞이꽃처럼
둥근 소반 위에는
시어서 꼬부라진 김치와 푸성귀 몇 가지 올려있다.
안 먹고 돌아서는 눈앞에는
언제나 싸릿가지 회초리가 기다린다.
눈물 뚝뚝 흘리며 모래알 같은 밥 한술 입에 넣으면
헛구역질에 토할 것 같으면서도
달걀부침 하나라도 있음 먹을 텐데 하는 아쉬움이 있었다.

자식을 키우면서 밥을 안 먹는데
왜 회초리를 드셨는지 알 것 같았다.
이른 새벽 아궁이에 불을 지펴 밥사발 수북이 올라
밥상을 차려 온 가족이 둘러앉아 먹던 시절,
삼시 세끼 한결같은 밥상을 차리셨던 어머니의 밥상이
달걀부침 없어도 시어 꼬부라진 김치 하나 있어도
맛있게 먹고 싶은 그리운 어머니의 밥상이다.

작은 식탁 위에 온 가족이 둘러앉아 밥 한번 먹는 것이
외식 한 번 하는 것보다 힘든 요즘 각자의 식탁을 만든다.
김치 한 조각 올려놓고 물 말아 한술 뜨는 초라한 식탁보다는
풍성한 밥상을 차려놓고 온 가족 둘러앉아
웃음꽃 피는 행복한 식탁을 그려 본다.

장미 한 송이 꽃병에 꽂아
식탁 위에 올려놓는다.

바람에 우는 풍경소리

가느다란 바람 소리에도
뎅그렁 뎅그렁……
풍경소리는 산천을 울리고
깊은 산골짜기 작은 물줄기에서는
연신 물이 흐른다.
이른 새벽 그믐달은 산 중턱을 넘어가고
있을 때 정화수 한 그릇 떠서
법당에 들어서 아들의 극락왕생을 빈다.
26살, 꽃다운 청춘에 세상을 떠난 아들을 가슴에 묻고
찾아간 곳은 한적한 조그마한 암자,
십여 년의 세월을 그곳에서 보내며
아들을 위해 치성을 드렸던 시간들이
과거에 묻히고
어머니 또한 그 아들을 만나러 먼 길을 가셨다.
깊은 밤 어두운 적막을 깨고
차디찬 음성으로 들려오던 풍경소리가 그리운 건
그 안에 어머니가 계셨음이라

뎅그렁뎅그렁……
바람에 우는 풍경소리가 내 맘을 울린다.

섣달그믐

내일모레가 섣달그믐,
어둠의 긴 끝을 지나
새벽에 가는 달이 뜬다.

차가운 바람은 가지를 때리고
시린 가지 위에는 그리움을 노래하는
까치 한 마리는 바쁘게 입을 연다.

색동옷 곱게 입고
하얀 눈밭을 뛰놀던 그 옛날 추억이
적막한 촌(村)에 모습을 드러낸다.

숯지게미의 즐거운 비명도
엿을 꼬는 어머니의 손길도
동지섣달의 긴긴밤에
설 준비를 하시던 따뜻한 손길은
그믐날 달빛처럼 흐린 추억이 되어간다.

섣달그믐,
선물꾸러미 한 아름 안고
회색빛 그을린 하늘만 무심히 바라보며
잔잔한 그리움으로 세월을 쌓으며
초하루의 희망을 기다려본다.

아버지, 그 이름 다시 불러 보아도

나 태어나 한 번도
불러보지 못한 아버지!
아니, 수백 번, 수천 번 불러도
대답 한 번 없었는데
늘 나와 함께 살고 있다.

어떤 이는
유신정권 시절,
군대 가서 너무 많이 맞은 탓에
정신 놓은 것이라고……
어떤 이는 조상의 묘를
잘못 쓴 조상 탓이라고……

30년의 긴 세월을
정신을 놓은 내 아버지!
육신은 종이처럼 찢기어
허공을 맴돌고
그 영혼은 숨조차 쉴 수 없는
참혹한 세계에 묻혀버린
내 아버지!

주절주절
그러다가도 연신 주먹을 휘두른다.
그 분노의 싹은 누구를 향한 건지
방 한구석 웅크리고 살아온
서러운 인생이여……

일찌감치

사서삼경을
문학을
판소리를
공부한 내 아버지는
백치가 되었다

아버지
그 이름 다시 불러보아도
허공을 맴돌 뿐
서러운 한이 되어
내 귀에 다시 들려온다.

고향의 그리움은 눈물이 되고

어머니의 품속 같은 고향
돌아갈 수 없는 그곳에는
덩그러니 추억만이 남아있다

사방이 산으로 둘러싸여 있고
개울물 졸졸 흐르는 도랑가에서
가재 잡고 다슬기를 잡던 고향

이맘때쯤 송편을 빚어
이집 저집 나누어 먹느라
아이들도 분주히 움직이고

추석빔 기다리는 아이들은
장에 가신 어머니가 올 때까지
동네어귀를 떠날 줄 모른다.

옹기종기 모여 있는 산 아래 작은 마을은
간 곳 없고 고향을 지키는 건 높다란
전봇대 위에 가지런히 놓여있는 고압선

윙윙거리는 소리가 어두운 적막 속에
맹수의 울음처럼 들리고
돌아갈 수 없는 고향의 그리움은 눈물이 된다.

그날의 저녁풍경

따스한 미소 온방 가득 피어나고
온가족 둘러앉아 저녁을 먹는다.
마당가 귀퉁이에는 모기불이 피어오르고
구석진 마구간에 황소 한 마리
긴 혀를 날름대며 풀을 먹는다.

온천지 수풀이 싸이고
풀벌레는 고요한 적막 속에
가을을 노래한다.
살포시 떠오른 보름달은
시골길 밝혀주는 가로등 된다.

된장찌개 곱게 끓여 상위에 놓고
흰 쌀밥 한 그릇, 웃음으로 채우며
행복을 먹는다.
기쁨을 먹는다.

삶은 옥수수 젓가락 끼워
도레미파 노래하며 꿈을 먹는다.
달빛 그림자 길게 늘어선
오동나무 커다란 잎새는
키다리 풍선되어 춤을 춘다.

나 어릴 적, 그 어느 날 저녁의 풍경이
한없이 그리운 추억이 되어
내 맘 깊은 곳 파고 들어와
한줄기 그리움의 눈물이 된다.

내 삶의 아픔

칠흑 같은 어둠속에
철썩철썩 아픔을 노래하며
쉬지 않고 들려오는 고통은
쓰나미처럼 몰려왔다
그래도
흐릿한 불빛 포장마차를 지날 때는
잔술을 사 마시며 이야기를 나누던 기억 때문에
중국집을 지날 때는 짜장면을 나누어 먹던 기억 때문에
커피향에서도 커피 한 잔을 마시던 기억 때문에
헤아릴 수 없는 작은 기억과 추억들은
나에게 살아가야할 이유를 주었다.

들꽃이 만발한 작은 동산위로
벼이삭 넘실대는 논두렁 밭두렁을
어린 나이에도 나를 업고 다니고
엄니 회초리 들라치면 온몸 감싸 막아주었고
시집간 언니네 집에 놀러간 날에는
나를 못 봐서 울상 되었던
애지중지 돌봐주던 내 어릴 적 오빠

오빠의 대학등록금을 보태주고
문학에 대해서, 인생에 대해서
이야기꽃을 피우며
오빠가 대학을 졸업하고
난 대학 입시를 준비할 때
온 나라가 88올림픽으로 축제 분위기에 휩싸일 때
오빠는 26살 젊은 나이에 먼 길을 떠났다.

산다는 것이 아프다는 것이 죽음이라는 것이
끝없는 고통의 소용돌이 속에서
나를 가두어놓고 끝없이 기어들어가는
절망을 느끼며 아무 것도 할 수 없었던 내 삶에서
23살은 가장 아픈 삶이었고
끝없는 방황이 휘몰아치는 폭풍 실오라기 같은
빛조차 없었던 절망의 시간들
지푸라기조차 잡은 힘을 잃었던 절망

지금도 오빠에 대한 그리움은
어둠속의 파도처럼 내 마음을 울린다.

그리운 친구

칼바람 아직도 살을 에이는 늦겨울
봄은 저만치서 오고 있는데
그리운 친구는 어디를 갔습니까?
인생의 차가운 흔적들을
갈피갈피 챙겨놓고
서러운 삶을
피눈물 나는 흔적들에서도
무던히 참고 인내하며
자식으로서
남편으로서
아버지로서
친구로서
참 든든한 버팀목이 되었던
당신의 삶이었습니다.
서러운 절규는 하늘을 찌르고 있습니다.
반평생을 살아온 인생에서
앞으로 해야 할 일
하고 싶은 일
수많은 생각을 가슴에 묻고
떠난 당신의 삶을 공허한 맘으로 그려봅니다.
금당계곡 강가에 옹기종기 모여 미역을 감으며
물장구치던 옛 기억을 더듬으며
함께 늙어 가고픈 당신을, 우정을
눈물로 그려봅니다.
친구여!
벌써 그리움이 마디마디 사무치고
안타까운 흔적들이 뒹굴고
언제나 밝은 얼굴로 착한 미소를 보내던

당신이 그립습니다.
삼겹살에 소주 한잔 들이키며
살아가는 이야기를 하자던 약속도
지키지 못했습니다.
버들강아지 꿈틀거리는 봄이 오면
함께 떠나자던 여행도
끝내 혼자 떠났습니다.
친구여!
사계절 돌고 도는 세월 속에 함께 살아왔던
진정한 우리의 친구!
우리들 맘속에 따뜻한 맘으로 기억하며
영원히 기억할 것을 약속합니다.
그리고 영면하소서.

2부

산다는 것은

내 인생의 책

전기도 들어오지 않은 산골 마을에
앉은뱅이 작은 책상 위에는 주먹만한 등잔불이 놓여있다.
흐릿한 등잔불 밑에서 밤새워 즉흥시인 안데르센 동화를 읽는다.
황홀한 감동은 반딧불처럼 날아다니고
하늘에 빛나는 별들만큼 꿈을 꾼다.

주근깨투성인 빨강머리 앤, 상상력과 낭만이 가득한 빨강머리 앤,
빵 한 조각 훔친 장발장, 고전문학 전집 박씨전……
등잔불 기름이 달아 실오라기처럼 피어날 때까지 책을 읽는다.
꿈을 꾼다. 아련한 상상은 우주를 오가며 날개를 펴고
청아한 눈빛은 세상을 나른다. 몸을 싣는다.

책을 읽는다. 꿈을 꾼다.
흐릿한 등잔불 밑에서 상상의 날개를 달고 한없이 달린다.
우주를 달리고 별이 되어 온 산천을 달린다.
꿈은 희망이 되어 성큼 와 있다.

잃어버린 꿈 1

꿈이 없었으면 삶은 더 풍요로워 지지 않았을까?
잃어버린 꿈 가슴에 품고 산 시간 동안
삶은 싸늘하게 식어가고
꿈은 점점 멀어져 흔적도 없이 사라졌다.

그 꿈 찾아 헤매어온 시간은
허기진 삶을 움켜쥐고 비틀거리며
콘크리트 맨바닥에 신문 한 장 뒤집어쓰고 드러눕는
노숙자가 된다.

꿈, 나에게 없었다면
도시의 네온사인 불꽃을 따라
화려한 삶을 즐기고
하루만을 생각하고
하루의 풍요를 느끼는
하루살이가 되지 않았을까?

풍요의 삶은 영혼을 잠재우고
배부른 삶에 식곤증 찾아와 곤히 잠들어 버리고
눈을 떴을 때는 비몽사몽
여기가 어딘지, 어디를 가야 하는지
초점 잃은 눈동자가 되어버리지 않았을까?

맘 한구석 품고 살았던 잃어버린 꿈 꺼내어
찾아 나선 발걸음은 꿈 없이 살아온 풍요보다 가볍고
영혼의 깊은 사색은 깨알 같은
희망을 토해내며 삶을 위로한다.

꿈 찾아 먼 길 떠나는 삶위에는
기쁨이 가득하다

잃어버린 꿈 2

푸른빛의 구름위로
여정의 긴 한숨을 올려놓고
갈대숲 깊은 바람에 출렁이듯
주춤거리며 헤매고 있다.
잔잔한 파도에 일렁이는
푸른 바다 끝에는
두고 온 꿈 하나 아른거리고
수없이 스치고 사라지는 바닷물 사이로
모래알보다 작은 꿈은
어디로 씻기었는지
찾을 곳 없어 방황한다.

하늘 높이 나는 기러기는
아는지 모르는지 소리 높여 노래한다.

흩어져간 모래알은 정처 없이 바다를 떠돈다.
모래알은 바위가 될 수 없듯이
세월은 굽이쳐 흘러도 부서질 뿐
바위는 파도에 부딪히며 부서지고 깨지고
파도에 씻기어 한줌 모래가 되어 사라진
잃어버린 꿈은
물새들 지저귀는 애절한 울음소리뿐이다.

터널

절망이라고 생각했다.
고통이라고 생각했다.
분노라고 생각했다.
숨조차 쉴 수없는 암울한
시간은 터널을 가고 있다고 생각했다.
가다가도 끝이 없는 처절한 삶은
한줄기 빛조차 들어오지 않는
암흑의 터널이라 생각했다.
희망을 삼켜버리고
꿈을 덮어 버리고
입구는 있는데 출구가 없다고 생각했다.
터널 속은 죽음이 머무는
절망의 끝이라 생각했다.
달려도, 달려도 끝없는 터널은
서러운 절규의 몸부림이었다.
끝은 어딜까?
끝은 있을까?
실오라기 같은 빛조차 들어오지 않는
터널 속에서
청춘을 보내고
젊음을 보내고
꿈을 보내고
삶을 보냈다.

기차는 달리고 있다

레일이 열리듯 삶의 방향이 열린다.
살아오는 동안 삶이란 기차는
알아서 레일을 연다.
그 길, 덜커덩 굉음을 내며
한없이 출렁거리며 비틀거리고
탈선하듯 레일 위를 달리고

또 다른 레일이 열리면 달빛에 비치어
잔물결 찰랑대는 이슬
물안개로 피어나고
꽃바람 강물 따라 한없이 흐르며
그 푸른 강가 언덕을 지나
칙칙폭폭

또 레일이 열리고
긴 터널 삶의 고단한 터널을
덜컹덜컹 가슴 뛰며 심장 뛰며
그길, 한참 가다 보면
끝도 없는 빛조차 없는 그길

어두운 적막은 심장을 멎게 하고
삐걱 소리만 요란히 들리는 터널은
끝이 있으리니……

반드시 햇빛 찬란한 레일이 열리고
코스모스 하늘거리는 그길을
쉼 없이 달리다
연신 작은 터널 긴 터널을 넘나들며

고통은 반복되고

레일은 삶을 향해 열리고 열리다
오늘도 기차 레일은
어느 방향으로 가고 있는지 예측을 못한 채
기차는 레일을 따라 달리고 있다.

어둠의 끝에서

날이 저물고 어둠의 끝에서
새로운 희망의 옷을 입는다.

칠흑 같은 어둠의 터널 끝은
반드시 태양이 마중을 나오고
고단한 영혼의 쉼터가 되어 곤히 잠들다
필름이 끊어진 듯 멈춰버린 어둠 속에서
모든 역사는 이루어지는 것일까?

캄캄한 어머니 뱃속에서 세상의 빛을 보는
태아의 탄생에서
깊은 땅속 어둠 속에서 새싹이 움트고

작은 껍질 속에 온몸을 던져 어둠을 깨고
삐죽이 고개를 내밀고 하늘 쳐다보다
한 치 앞이 안 보이는 어두운 적막 속에서
으르렁거리는 굶주린 사자의 울음소리가
두렵지 않았던 다니엘처럼
어둠이 아귀 발톱 격랑이 파도처럼 스며와도
별을 노래하며 아침을 맞이하리.

삶이란

인생은 긴 드라마
각본 없는 드라마에 몸을 실어
돛단배에 띄워 긴 노를
짧은 팔로 연신 저어본다.

가다보면 저 수평선 너머
찬란한 태양이 숨쉬는
금물결 넘실대는
내 쉴 곳이 있겠지.

가도 가도 끝이 없는
저 수평선 너머엔
깊은 파도와 숨조차 쉴 수 없는
돌풍만 몰아칠 뿐 위태로운
바다 한복판

인생의 긴 드라마는
각본도 없는
망망대해에 떠있는
돛단배라는 걸
그때는 몰랐다

산다는 것은

산다는 것은
긴 줄 매여 있는
그 위에 한 발을 올려놓은
외줄 타는 광대

작은 바람소리에도
줄은 출렁이고
심장은 멎는다.
무섭고 두려움은
금방 낭떠러지가 되고
광대는 그 위에 올라가 있다.

작은 몸짓 하나에도
줄은 휘청이고 삶도 휘청인다.
외줄 타는 인생,
수없이 중얼대며 줄 위에 서 있다.

살려달라고 소리쳐도
메아리가 될 뿐 들어주는 이 없는
이 세상은 이미 죽은 사람인 듯 했다.
누가 영정사진에 국화꽃 한 송이
올리지 않아도
그들에게 이미 죽은 사람이듯
살려 달라고 소리쳐도
메아리가 될 뿐

삶의 아픔은
정수리를 타고 발끝에 이르고

사계절 돌고 돌아
수십 번을 돌고 돌아도
외줄 인생 고단한 삶의 길이는
천리장성보다 만리장성보다
길고 긴 외줄을
실오라기 같은 작은 희망을 의지한 채
휘청이며 걷고 있다.

한발 한발 걷고 있는 발아래
풍요로운 삶은 누구의 것인지
화려한 도시의 불빛은 누가 즐기는지
예쁜 꽃이 온산에 피고 질 때 누가 찾는지
울긋불긋 단풍은 누가 보러 가는지
줄 위에 서 있는 지친 광대는 먼 산 허공을
힘없이 바라본다.

이제 저만치 끝이 보인다.
외줄 타고 휘청이며 걷는 광대의
입가에는 작은 미소가 스며든다.
싸늘했던 심장은 온기를 되찾고
희망을 가렸던 구름은 사라져
찬란한 태양이 삶을 노래한다.
한 줄기 희망은
삶을 이끌어준 동아줄 되어 돌아왔다.

산다는 것은
주어진 삶의 고통을 다 채우고
그 뒤 얻어지는 기쁨과 행복을 느끼는
외줄 타는 인생

음악과 나

10살부터 작가가 되고 싶었던 꿈을 잃은 20대에는
좌절과 고통에 몸부림치며 소나기처럼 쏟아지는
절망을 감당하기 힘든 삶이었다.
잡을 힘이 없었던 시절.
공허한 마음 뒤편에 간절히 하고 싶은 것은 피아노였다.
너무 피아노가 배우고 싶었고
피아노에 대한 사랑은 너무도 간절한 짝사랑이었다.
그 덕분에 삶의 고통들은 서서히 구름처럼 사라졌다.
시간이 흐르고 또다시 내가 하고 싶은 것은 성악이었다.
삶이 찾아왔다. 삶의 여유가 없었음에도 야간에 밤새워
일을 하고 왔을 때에도 잠도 안 자고 레슨을 받으러 갔다.
지금 생각해 보면 무엇이 나를 그런 열정이 넘치는
삶을 살게 했는지 알 수는 없지만
보이지 않는 작은 실오라기 같은 열정이 나에게는 큰 힘이 되었다.

노래방 가서 트로트 한곡 못 부르는 음치지만
넬라 판타지아(Nella Fantasia)가 내 애창곡이 되었다.
그 열정으로 인하여!!

그리고 지금은 민요를 배우고 있다.
TV에서 민요만 나오면 채널을 돌리고
전혀 관심이 없었는데 지금은 민요에 빠졌다.

늦게 시작한 공부, 전공과목이 문화이다 보니
문화에 관심이 있으면서 민요에 관심을 끌게 되고
우리 가락의 전통을 살리려는 많은 사람을 보면서
앞으로 살아가면서 구전음악에 관심을 갖고 싶어졌다.

우리 서민들의 입에서 입으로 전해져온 가사들은
우리 민족이 얼마나 노래를 좋아했고
흥이 있고 가락이 있는 삶을 살았는지
민요를 통해 알 수 있다.
산 만나면 산에 가서 절하고 강 만나면 함께 춤춘다는
고수레라는 노랫소리처럼 내 삶의 고수레를 외친다.

민요를 배우며 같이 장구도 배우지만
지금은 삶은 행복하다.
젊은 날 힘들고 어려울 때 음주와 가무보다는
음악과 함께했던 시간들이
지금의 삶에 풍요를 주고 자신감을 준다.
그 덕분에 한편의 글을 쓰게 된 것도 감사하고 있다.
다시 나에게 삶이 주어진다면 음악을 하고 싶다.
지금은 음악적 재능은 없고 좋아서 하지만
재능을 겸비한 음악가가 되고 싶다.
절친으로 늘 내 곁에 함께해준
음악이란 이름을 사랑한다.

나를 찾아서

뿌리 없는 나무는 바람에 휘청이며
가는 실바람에도 쓰러지고

열매를 맺을 수 없는
가혹한 현실 앞에
개미처럼 피땀 흘려 일해도
돌아보면 이룬 것 없어
쓰러질 듯 비틀거리고

텅 빈 빈집에
내 모습 꼭꼭 숨겨 놓고
문 여는 이도
닫는 이도 없는
창문 하나 없이
참혹한 현실 속에
가둬놓아
시들고 병들어
서서히 죽어가도
가까이 있는 사람들,
겉모습 화려함에
눈뜬 소경 되어
마냥 웃는다.

밥 한술, 배를 채우듯
한발 한발 내디디며
자아를 찾는다.

이제 그길을 걷고 싶다

레드카펫 곱게 깔린 그 위에 서서
내 노후를 보내고 싶다.
흰머리 희끗희끗
곱게 벗어 넘기고
꽃길을 걷듯 그 위를 걷고 싶다.

작은 꽃 속삭이는 들길을 걸어
한없이 가고 가도
끝없는
길 위에는
무섭고 두려움만 가득한
가시밭길을 몰랐다.

콘크리트 딱딱한 길 위에서
지나간 세월을 뒤돌아보니
수많은 길을 스쳐 지나왔고
길 앞에서 방황하며
선택의 후회를 하며
생각한다.

내가 걸어온 길 위에
작은 불빛 하나 있어도
반가울 텐데……
무섭고 두려운 그 길을
겁 없이 걸었다.

뒤돌아 가고 싶은 길
그 위에서 멈춘다.

탄식은 현실이 되어
나를 잡는다.

이제 꽃길을 걷고 싶다.
앞으로의 인생길
스포트라이트 쏟아지는
화려한 길 위에
돌아보지도
후회 하지도 않을
그길을 걷고 싶다.

내 삶을 응원한다

내 작은 삶을 응원한다.
바닷가 모래알처럼 흩어졌던
내 꿈을 모으며 조각조각
퍼즐을 맞추듯
한 조각, 한 조각 꿈을 맞춘다.

내 삶에 박수를 보낸다.
삶의 구석진 곳에 초라하게 쭈그리고 앉아 있는
희망을 일으켜 세워
가을의 청아한 하늘 아래
희망을 펴본다

내 삶에 손편지 깨알같이 써서
살아온 삶을 위로하며 격려한다.
휘몰아치는 폭풍을 잠잠히
견디고 여기 이 자리에
감격과 기쁨으로 왔노라.

내 삶을 응원한다.
작고 초라한 삶이지만
세찬 비바람에도
흔들리지 않는 소나무처럼
강하고 힘 있게 살아온
내 작은 삶을 응원한다.

내 삶을 응원한다.
낙엽을 한 잎, 두 잎 책갈피 모으듯
시 한 편, 차곡차곡 모아서

시집 한 권 낼 수 있기를
두 손 모아 간절히 응원한다.

내가 그리는 자화상

청명한 하늘에
먹구름 살짝 쓰러진 듯한
유리창 가에 부서질 듯
날아가버린 삶의 흔적들은
아무도 돌아보지 않는
낯선 흔적이 되어 머문다.

창가 긴 여울의 그림자는
누구의 자화상인가?
다가가면 불현듯 사라질 듯
삶의 그림자만 애처로이 서 있고
공허함은 허공을 맴도는
소리 없는 아우성

반백년 소리 없이 살아온 시간은
지독한 외로움의 그늘이 내 얼굴을 휘감고
온화한 숨소리는 고운 주름을 만들고
삶은 검은 물감 덧칠하듯 시렸지만
내 자화상은 천사의 얼굴이어라.

회색빛 여울진 창가에서
우두커니 바라보며 뒤돌아가는 미소 속에
작은 숨소리는 뿌옇게 흐려진 창문 너머
안개꽃 송이송이 아름을 만들어
그 위에 천사의 얼굴을 그려보리라.

어느 여인의 시

한 편의 시를 쓰기위해 발가벗은 내 영혼을 내놓았습니다.
차디찬 인생의 뒤안길에서 초라한 눈물을 보였습니다.
고뇌에 찬 슬픔을 가슴으로 느끼며
쓰디쓴 소주 한 잔에서 느끼는 희열을 노래했습니다.

한 편의 시를 쓰기 위해 네 모든 지식을 동원했습니다.
못 배운 한이 먹구름 되어 아무 것도 할 수 없지만
띄엄띄엄 쓰여지는 어둔한 글소리는
투박한 농부의 발자국처럼 무겁습니다.

한 편의 시를 쓰기 위해 짧은 인생을 뒤돌아보았습니다.
굽이쳐 흐르는 세월 속에 수없이 스쳐 간 인연들 속에
상처받고 사랑받고 그리워하고 괴로워했던
고통의 순간들이 한편의 시가 되었습니다.

이제 한편의 시를 쓰기 위해 사랑을 하려고 합니다.
들에 피는 작은 들꽃들도
땅속 깊은 곳에 숨 쉬는 작은 벌레라도
사계절 피고 지는 꽃들에도
꽃잎에 떨어지는 작은 이슬방울도
삶 가까이에 있는 천지만물 어느 것 하나
사랑스럽지 않은 게 없습니다.

그들과 입 맞추고 손잡으며
한 편의 시를 쓰려고 합니다.

내 인생의 보물

설렘,
물안개 속에 피어오르는 작은
희망의 싹
청아한 하늘보다
쪽빛 바다보다
다이아몬드의 화려함보다
조개 속 진주보다
영롱하고 고귀한 자태로 왔다.

함박꽃 웃음을 주고
기쁨과 행복을 느끼게 해주며
겸손한 마음으로 살게 하고
욕심을 끝없이 내려놓으며
베푼 사랑보다
더 많은 것들로 채워주며

지치고 힘든 삶의 위로가 되고
희망이 되며
험한 세상 오직 내 편 되어주고
길고 긴 세월의 동지가 되어
내 가냘픈 허리를 힘껏 안으며
행복의 미소를 띄운다.

살아가는 이유를 만들어 주고
텅 빈 마음을 차곡차곡 채워 주며
가슴 뭉클하고
걱정과 근심으로 밤을
지샐 수 있는 용기를 주고

세상 모는 것들
생명과 바꿀 수 없다지만
내 생명과 바꿀 수 있는 오직 하나
그 이름은 아들이다
두 아들!!

내 삶에 보물이 되어
오늘도 떨리는 맘으로 아들을
생각한다.

아들아

아들아!
고사리손 움켜쥐고
뽀얀 살결 드러내며 방긋 웃는 모습이
어느덧 24년의 세월을 통해 사회로 나가려 하는구나.
왜일까?
왜 가슴이 아릴까?
왜 눈물이 나려고 할까?
빨리 대학을 졸업하고 취직을 하기를 바랐는데
막상 취직 얘기가 나오니 가슴 아려온다.
군대 보낼 때보다도 더 아파오는 이유는
이제 그 길로
사회로
세상으로
셰프(chef)길로
이제 그 길은 2년 마치고 돌아오는 길이 아니고
30년이 아닌 평생을 가야할 길 위에 서 있는
아들이 멋져 보이면서도 애달프네.

품어왔던 그 속을 떠나
아들이 꿈꾸어 왔던 삶을 살겠지.
꽃길일 수도
가시밭길일 수도
험한 세상일 수도
평온한 세상일 수도
알 수 없는 길이고 대본 없는 길이지만
지금까지 살아온 삶처럼 살아갈 수 있기를 바란다.

함께 어려운 시간을 겪으며

함께 슬퍼하며
함께 기뻐하며
함께 노력했던
가족이면서 동지 같은 울 아들

아들이 있어 오늘 엄마가 있고
아들 때문에 엄마가 살고 있다.
엄마 때문에 아들이 살아가는 이유가 되고
힘든 일이 닥쳐도 헤쳐 나갈 수 있기를 바라면서
앞으로 더 행복하고, 더 멋지게 살아가는
우리가 되자!

한줄의 글을 쓰며

8살, 10살 동심의 눈망울은
24살, 26살 청년의 푸른 젊음이 되었네.
어린 투정은 이제 든든한 울타리가 되었네.
제비 새끼처럼 입 벌리고 다가와
끝없이 요구하던 어린 표정은
이제 따스한 손길로 삶을 어루만져주네.
추웠던 삶의 언저리는
봄날 따스한 햇볕처럼 녹아들고
청년의 힘찬 삶은
깊이 파인 주름을 걷어내려는 듯
애잔한 미소를 보내고
16년의 터널 같은 긴 삶은
햇살이 드리우는 입구를 찾아
힘차게 뛰어오르는 연어가 되네.

눈물로 지새운 삶의 초라한 모습들도
생사의 갈림길에서 울부짖던 절망의 그림자도
뼈 마디마디 부서져라 살아온 세월의 증오조차도
역겨운 처절한 배신 앞에 땅을 치며 꿈도 희망도 없이
내 영정사진에 국화꽃 한 송이 올라놓지 않아도
그들에게 난 이미 죽은 사람이듯
찾아오는 이도 찾는 이도 없는
서글픈 인생의 뒤안길에서도

그래도 나를 잃지 않으며
삶을 움켜쥐고 하루하루 살아온 시간이
청년이 되어서 삶을 위로하고
한 줄의 글을 쓰며 행복의 미소를 짓는다.

지금 이 순간

앞으로 살아갈 날을 생각할 때
지천명을 넘어선 나이지만
내 눈가의 주름이 가장 적을 때이고
내 팔다리가 가장 덜 아플 때가
지금 이 순간이다.

앞으로 살아갈 날을 생각할 때
내 기억이 또렷하고
삶의 여유가 스며드는
행복이 느껴지는 때는
지금, 이 순간이다.

살아온 날의 허기진 삶을
탄식하지 말고
내 삶의 열정이 살아있고
내 사랑이 남아있는
지금, 이 순간
앞으로 살아가는 삶을 생각하며
행복을 느낀다.

또 다른 시작을 하면서

따뜻한 햇볕은 봄 향기 가득
기지개를 켜고
성큼성큼 다가오며
봄소식을 전한다.
가슴 벅찬 향기는 꽃망울을
터트리는 희망의 속삭임을
노래하고

새날의 기다림은
그리움 마디마디 쌓여와
고운 여울을 만들어
삶의 깊은 환희를 느끼고

또 다른 시작은
내일을 꿈을 이루며
인생의 향연을 꿈꾼다.

행복한 삶

행복하다.
희망이 알알이 달려 기쁨을 부르고
토실토실 살찐 봉오리마다
꽃을 피우려 아우성친다.

칼바람 격랑 속에서
무던히 참고 인내하던 억센 흔적은
따사로운 봄햇살 한 아름 안고
꼬물꼬물 피어오른다.

행복하다.
굽이쳐 흐르는 인생의 절망길에
한없이 움츠린 삶은 긴 기지개를 펴고
가도 가도 끝없는 터널의 어둠은
입구를 찾아 눈부신 태양을 맞는다.

잃어버린 자아를
짓밟혀 버린 자존감을
떠나버린 꿈을
절망과 분노마저도
먼지 되어 날아가버린 지금은

기쁨과 환희와 희망을
맘 가득히 담고
살아가는 지금
행복하다.

3부
꽃과 계절을 노래하다

아네모네

꽃잎에 사연을 담아
한 잎, 정성 모아
이별의 슬픔을 노래하고
이루어질 수 없는 사랑을 갈망하며
어여삐 피어난 아네모네!

눈부신 아름다움은 천륜(天倫)을 범한
속절없는 사랑의 증표가 되어
화려하게 빛나고

두려운 듯 웅크린 꽃술은
도망치는 애절한 맘을 아는지
잔인한 4월을 비극을 알아서일까

4월의 탄생화가 되어버린
지독한 운명처럼
죽음으로 잉태된 꽃 한 송이는
절망과 탄식을 부르는
아네모네의 신화가 된다.

눈꽃송이

천상의 향연을 이루리라.
숭고한 사랑을 노래하리라.
화려함 없는 백색순결은
갓 태어난 태아의 숨결처럼
경이롭고 신비스러워
가는 발걸음 멈추리라.
투명한 꽃망울은 심장을 찌르고
강렬함을 두 손 모아 기도하리다.
싸륵싸륵 눈꽃이 쌓여
깊은 곳 숨어 있는 죄악의 씨앗을
불사르리라.
손끝에 느껴지는 차가운 살결은
더럽고 추악한 욕망을 녹이리라.
초롱초롱 눈망울 알알이 달려
희망의 높은 언덕에 걸쳐 안아
보름 달빛에 어우러진 백색 순결을
노래하리다.

가을 그리고 겨울

떠날듯, 떠날듯
그리움 파도처럼 밀려오고
멈칫멈칫 머뭇거림 속에
이별도 아닌 만남도 아닌
어설픈 표정은 그 자리
머물러있다.
거무룩하게 비추이며
퇴색된 낙엽은
계절을 아는지
시름만 늘어간다.
가을을 말할까
겨울을 말할까
눈이 내려쌓이며
그리움도 쌓이고
행복도 쌓이고

삶이 쌓이는 겨울이
부서버리고 날아가버린
가을의 삶을 바라본다.

겨울 소나무

흰색 누명 저고리 바리바리 걸치고 축 늘어진
솔가지 가지마다 서린 삶을 이야기하며 백설로 옷을 입는다.

솔방울 초롱초롱 달려 사계절 변함없는 모습으로
희망이 되고 용기가 되어준 가지마다 백설로 옷을 입는다.

삼키듯 휘몰아치는 눈보라에도
부러질 듯 서있는 솔가지들은
길 잃고 굶주린 산짐승들의 온기가 되며 백설로 옷을 입는다.

향기마저 아름다운 고운 솔잎은 솜사탕처럼
부드러운 온화함으로 대설주의보 눈보라 속에서도
백설로 옷을 입는다.

메밀꽃 필 무렵

달빛 타고 고운 물결 넘실대는
온 누리 뽀얀 가루 던지듯 피어난 메밀꽃.

장돌뱅이 허생원은 고운 달빛 내리는 메밀밭 사이에
성 서방네 처녀와 사랑을 나누었다.
첫사랑의 시린 아픔을 남겨두고
홀연히 떠난 그 여인을 못 잊어
오늘도 장돌뱅이 허생원은 달빛을 벗 삼아 메밀밭을 걸으며
첫사랑 처녀를 그리워하는구나.

뽀얀 살 곱게 드리우며 살포시 피어있는 메밀꽃,
장돌뱅이 허생원의 애달픈 심정을 위로라도 하듯
온화한 모습으로 피어나는구나.

내 그리운 고향, 메밀꽃 필 무렵
첫사랑도 찾고 아들도 찾은 허생원이 그립구나.
봉평장, 대화장 길게 늘어선 메밀꽃 한 송이
달빛 타고 그 길에서 내 고된 삶을
이야기하고 싶구나.

달빛 흐르는 메밀밭 길을 걸으며
허생원은 조생원한테
성 서방네 처녀와 첫사랑을 애기하듯
달빛 아래 뽀얀 속살 드러낸 메밀밭을 걸으며
내 첫사랑을 이야기하고 싶구나.

세잎 크로버

슬픔과 연민이 어우러져
가냘픈 모습으로
애처로운 몸짓을 감싸 안고
눈물지으며 기다려보지만
다가오는 이 모두
무차별 짓밟고
행운을 찾아 떠난다.
짓밟히는 상처는 부러진 송아리처럼
버려지고 사라진다.
귓속말로 나직이
난 행복이라고 절규하며
외쳐보지만, 행복을 외면한 채
행운을 찾아 떠난다.

가을에는 시 한편을 쓰고 싶다

가을에는 시를 쓰며 대화를 한다.
청명한 하늘 위, 아기 솜털 작은 구름이
수줍은 듯 이야기를 나눈다.
황금물결 펄럭이는 들판에
허수아비는 지친 몸이 고달프다고 이야기를 나눈다.
가냘픈 입술로 떨고 있는 작은 들꽃이
가을을 노래하며 아름다운 이야기를 나눈다.
사랑이 그리움 되어 꽃잎이 낙엽 되어
시를 쓰며 이야기를 나눈다.
이제 아쉬운 작별을 하며 긴 이야기를 나누는
소곤대는 소리는 사가사각 낙엽 밟는 소리에
묻혀서 추억 속으로 사라지고
시를 쓰며 이야기를 나눈 친구들도 떠나고
홀로 쓸쓸히 대화하며 시 한 편을 쓰고 있다.

낙엽이 낙엽에게

작은 바람결에도 힘없이 떨어져
쓰러진 듯 누워있는 낙엽은

애절한 맘으로
한줌 거름 되어
땅속 깊은 곳 어느 곳에

또 다른 생명 씨앗의
온기가 되어
한없는 사랑을 주며
한줌 흙이 되리라

국화꽃을 피우기 위해

따사로운 손길을 어루만지듯
보슬보슬 피어있는
국화 한 송이.
석류알 탱글탱글 아람이 되듯
고운 빛 꽃송이 영글어가네.

한줄기 붓으로 휘감아 놓은
갈맷빛 지붕위에 곱게 앉아서
깊고 은은한 향기가 꽃가람 되어
지쳐가는 삶에 생기를 부르고
피곤한 육신의 희망을 준다.

국화꽃을 피우기 위해
소쩍새는 울었다지만
아낙의 손길을 누가 잡아줄까
보드란 손 어루만지며
자식을 키우듯 쏟은 정성을
물감을 휘감듯 고운 빛깔로
그 정성
그 사랑 보답하는구나.

그리움으로 내리는 첫눈

하얀 눈꽃송이가 어지러이
휘날리며 쌓인다.
분노의 파도처럼
성난 사자처럼 무질서하게
내리는 첫눈은
기다린 사람의 애절함을 아는지
세상을 뒤덮고 있다.

담벼락 끝에 달린 작은
잎새를 먹어치우듯
달려들고

폐지를 잔뜩 싣고 손수레를 끌고 가는
노인의 모습은
폭포수처럼 쏟아지는 하늘을
원망과 한을 안고 쳐다본다.

지붕을 삼킬 듯이
세상을 삼킬 듯이
추억을 삼킬 듯이
그리움을 삼켜버릴 듯
첫눈이 내린다.

해바라기

인간을 사랑한 헬리오스
그는 태양의 신이었네.
레우코노에는 페르시아 공주,
헬리오스는 레우코노에게 한눈에 반했다네.
그래서 둘은 깊은 사랑에 빠졌다네.

헬리오스를 사랑한
님프 클리티에는 질투에 눈이 멀어
페르시아 왕에게
고자질을 했다네.

헬리오스의 사랑은 비극으로 끝났고
레우코토는 살아있는 채로 매장을 당했다네.
헬리오스가
신들이 마시는 암브로시아를 붓자
향기와 더불어
그곳에서는 한 그루 나무가 자랐다네.

헬리오스는 레우코토를 못 잊고
클리티에는 헬리오스를 못 잊어
점점 시들어 꽃이 되었다네.
꽃이 되어도
태양의 신 헬리오스를
보기 위해
고개를 움직인다네.

태양의 신 헬리오스를
사랑한 클리티에가

변한 이 꽃이 해바라기라네.

오늘도 담장 밑 높게 피어 있는
해를 따라 움직이는
커다란 해바라기 꽃을 보며
우리는 신화를 이야기한다네.

겨울풍경

샤그락 샤그락
눈 밟는 소리.
하얀 들판에
도장 세 개
어지러이 널려있고
그 위를 뛰놀던
흰옷 입은 토끼는
흔적만 남기고 사라진다.

골짜기 매서운 칼바람
온 동네 휩쓸고
애처로이 서 있는
창백한 겨울나무마다
하얀 씨를 뿌리고
서러운 눈밭을
흰옷을 덮고
긴 잠을 이룬다.

함석집 지붕에는
고드름 아름아름 달려
눈물을 뚝뚝 흘리고
처마 밑 매달아 놓은
북어대가리는 입 벌리고
바람을 삼킨다.

언덕길 꼭대기에 아이들
비료부대에 짚을 넣어
썰매를 타고

논두렁 얼음판에는
앉은뱅이 스케이트로
겨울을 달린다.

꿈을 달린다.
동심을 달린다.

어릴 적 겨울풍경을 그려본다.

12월의 기도

마지막 남은 달력을 들여다봅니다.
또박또박 걸어간 발자국 위에
몇 개 남지 않은 숫자위에 멈춰 서있습니다.

봄날 따뜻한 향기는 봄바람을 가르고
피어나는 향기마다 초록의 옷을 입습니다.
쑥 마무리로 계절을 음미하는 여인들의
웃음소리는 활짝 핀 벚꽃처럼 소담스럽습니다.
꽃잎 떨어지고 잎이 돋아 계절은 영글어가고
삶의 깊숙한 흔적들이 굴러가고 있습니다.
지천명의 세월은 흐릿한 기억 속에 초승달처럼 떠오르고
부끄러운 토막들을 품어봅니다.
여름날 눈부신 태양은 뜨거운 햇살을 뿌려서
살을 찌우고 그리움의 목마름에 비를 뿌렸습니다.
한 발 한 발 내딛는 발자국 위에
욕심이라는 흙탕물 튀어와
뭉그러진 자국마다 따뜻한 손 내밀어
치유하는 세월이 또 하나의 벗이 되어 함께 갑니다.
윤슬 되어 빛나는 달빛 강가는
가을날 추억을 삼킵니다.

첫눈 내린 계절에
겸허한 맘을 담아 걸어보려 합니다.
마지막 달력을 보며 기도합니다.

겨울편지

사랑을 하고 싶은 그대,
그대 눈이 부서서 바라볼 수 없는
그대를 그리워합니다.
당신을 보고 싶은 내 그리움은
하늘을 덮고 있습니다.

보고 싶다고
눈을 감아도
눈을 떠도
헤아릴 수 없이
보고 싶다고
보고 싶다고

내가 좋아하는 당신은
당신이기 때문에
좋아한다고
말을 듣고 싶은
맘을 담습니다.
보고 싶다고

당신이 쌓이고
그리움이 쌓이고
행복이 쌓이고
기쁨이 쌓이고
사랑이 쌓이고
어느새 당신은 녹아 없어지지만
맘속에 쌓인 그리움은 남아있습니다.

행복도
사랑도
기쁨도
보고 싶어 외롭고
그리워서 외롭고
사랑해서 외롭고
내 인생 언제나
외로움에 그대를 담아봅니다.

오늘도
즐겁고 행복한 하루를 보내란 맘을 담아
당신과 함께할 시간
당신의 마음으로 가득 채워진
들판을 맘껏 기대며
당신을 바라보며 사랑합니다.

봄의 왈츠

긴 꽃술은
연분홍 색깔을 곱게
잡고 춤은 춘다.
앙상한 가지 위
두 팔 벌여 빨긋빨긋
춤을 추며
꽃을 피운다.
사랑을 노래하며
봄을 피운다.
먼 산 아지랑이
허리를 잡고
이른 봄 춤을 춘다.
봄햇살 따스한 미소에
입 맞추며 온 동산에 박자를
맞추어 춤을 춘다.
봄바람 나불대며
가는 허리를 휘청이며
두 손 잡고 춤을 춘다.

봄을 기다리며

칼바람 삶의 언저리
깊숙이 스며들고
축축 늘어진 가지마다
몸서리치며 웅크린 바람은
소리 없는
그리움 되어 스친다.

아직 먼 바람은 햇살의
서먹한 추억의
그림자를 남기며
깊숙이 느껴지는 오한에 몸서리치지만
그래도
흘러가는 건 세월뿐

심장이 찢길 듯 쓰라린
고통의 참담함 속에도
새살은 돋아나는 것처럼
긴 겨울의 몸부림 속에서도
꽃을 피우는 매화처럼
이제 남은 건 희망이다

땅속 깊숙이 기어오르는
이야기 소리는
긴 한숨을 덮어 버리고
웃음을 노래하는 광대처럼
다가와 향기를 뿜는다.

기다리는 그리움은

버들강아지 솜틀처럼
볼을 간지럽히고 꿈이 피어난다.

동장군의 외출

봄 향기가 느껴진다.
잠깐 외출한 동장군을 틈타
아지랑이 가물가물 눈앞에 있고
무채색 산허리에는 새싹이 나오려는 듯
작은 속삭임이 들린다.
꽁꽁 얼어붙었던 칼바람 매서운 추위가
저고리를 풀어헤치듯 열어놓고
잠시 외출을 했다.
손바닥 벌리듯 옹기종기 서있는
과수나무들도 오늘은 환하게 웃음을 판다.
논바닥 사이사이 얼음 조각은 살짝 이방인인 듯
오늘 하루는 계절을 잊는다.
내일이라도 당장 돌아올 것 같은 동장군은
오늘 따스함을 내어주고
외출을 했다.

겨울 들판에서

잠시 외출을 했던 칼날 추위는
제집인 양 자연스러운 몸짓으로
성큼성큼 돌아왔다.

따스한 햇볕은 칼바람 시린 분노에 뒤로 물러가 있고
활짝 피었던 온기는 어깨를 감싸 안고 움츠러들었다.

메마른 겨울은 겨울왕국을 꿈꾸며
회색빛으로 일렁거린다.

깊숙이 들어온 혹독한 겨울의 차가운 음성은
물러설 기세가 없이 당당히 서서 고함을 친다.

손끝 알싸한 마디가 살아온 시간을 이야기하고
외투 속에 숨어있는 작은 몸짓은
숨조차 쉬지 못하고 숨어 있는 봄꽃들의
소리 없는 아우성이 들린다.

언제쯤 다시 외출할지 알 수 없는
혹독한 추위는
침묵의 몸짓으로 얼은 땅을 만들어간다.

가을편지

가을의 향기가 너무 고와요.
푸른 잎,
잎사귀 넘실대던 그때
조금 더 따뜻한 맘을 주지 못해
미안해요.

한 방울 빗물에도 떨어지는 모습이
너무 애처로워서
살며시 다가가서 내 맘 가득 주워 담아요.

뜰 안 가득 널려있는 잎새마다
사랑의 편지를 보내요.
내 영혼 깊은 곳에 가득 채우며
긴 여운을 남기고 떠나는 길목에
덩그러니 놓여있는 마지막 잎새는
스잔나를 생각하게 하네요.

겨울의 징검다리가 되어주니
벌써 성큼 성큼 빠른 걸음으로
가려하네요.

고운 빛 가득한 향기 담아
가는 길에 편지 한통 보내며
작별을 노래해요.

송년회

볼그레한 볼 위에는 알콜향이 흐르고
수없이 스치는 건배 제의는
그동안의 노고를 이야기하듯
건배!!
아자, 아자, 아자
짠… 짠… 짠…
부딪히는 술잔 속에
아름다운 수고를 위로하며
모든 앙금은 거품 되어 사라진다.

참이슬 속으로
처음처럼
카스와 함께
하이트의 짜릿한
망년회 폭탄주가 솔가지에 쌓인 눈처럼
쏟아진다.

미남을 자랑하는 대표님의 건배 제의는
맘 가는 대로 진실하게 살아라.
마음으로 살아라.
하는 일 하고자 하는 일에 최선을 다하는 삶을 살아라.
멋지게 외치며
좋은 나무 밑에 있으면 비도 안 맞는다는
명언을 쏟아내고 12월 폭탄주는
송년회의 마지막을 장식하지만
알싸한 취기는
2차 노래방으로 발길을 옮긴다.

작별

힘든 숨 몰아쉬며
이제 큰 바위 옆에 걸터앉았는데
또 어딜 그리 바삐 떠나는 것입니까?
다람쥐 쳇바퀴 돌듯 정신없이 사는 것을 틈타
벌써 떠날 채비를 마치었습니까?

아직 푸른 잎새 온 산천을 덮고 있는데
벌써 떠나려는 가냘픈 모습이 애달파서
차마 마주 볼 수 없습니다.

목 놓아 노래하던 실솔들도
담장 밑 곱게 피웠던 꽃들도
향기만 남겨둔 채 떠나갔습니다.

찬 서리 벌써 성큼 다가와 아침 인사 하지만
아직은 외면하고 싶고
떠나는 옷자락은 붙들고 싶습니다.

남겨둔 여운은 벌써 그리움 되고
황금물결 이루던 온 대지는
그루터기만 남긴 채 외롭게 앉아있습니다.

산허리에 걸쳐 앉아 하루를
정리하는 저녁노을처럼
풍요를 가득 안겨주고 떠나는
가냘픈 손등에 작별의 키스를 합니다.

4부
시. 내게로 오다

미로에서 쓴 편지

인생일까
어디서 왔을까
어디로 가야할까
여기가 어딜까

누가 있을까
누구를 사랑할까
누구와 이별할까

안개꽃 한 다발 속에
숨어있는 장미 한 송이는
사랑일까
이별일까
사랑의 미로일까
방황의 늪일까
누구를 만날까
누구와 헤어질까
돌아갈 수 있을까
길은 있을까
인생일까
터널일까
빛은 있을까

삶의 미로는
물음표일까

만월

깊은 밤 어둠을 깨고
누가 볼까 두려워
홀연히 나타난다.

모두가 잠든 세상에
부지런히 다가와서
쟁반 같은 우윳빛 모양은
온데간데없고
세월의 애환을 그리며 나타난다.

실오리가 하나 걸치고
손톱만한 몸으로 손전등 비추며
흐릿한 세상의
잠든 영혼을 위로하며
푸른빛 감도는 옷을 입고
갈고리 모양의
이지러진 모습으로
해 뜨는 게 두려워
홀연히 사라졌다.

다시 해 지기 무섭게
시집 온 새아씨의
발그레한 모습으로
구름 사이 드러내며
환한 미소 짓다가
부지런한 며느리만
볼 수 있다는 속담처럼
빠른 걸음 움직여

별 뒤에 숨어 버리는
초승달과 그믐달

산

묵묵히 서 있구나.
오천년 유구한 역사 속에
살아서 숨 쉬며
눈물과 탄식으로
이 나라, 이 민족을 지켜냈구나.

한라에서 백두에 이르기까지
사계절 돌고 돌아
언제나 그 자리를
지키고 있구나.

골짜기 어느 한 곳
자식을 어루만지는
어머니의 숨결처럼
소홀한 곳 없이 지키는구나.

첫사랑 애인을 만난 듯
설레게 하고
굽이쳐 놓여있는 봉오리마다
사연을 이야기하며
지키고 있구나.

벌거벗은 모습은
탄식을 부르고
애써 가꾼 네 모습
화마에 휩쓸려
덩그러니 놓여 있구나.

지친 나그네의 쉼터가 되며
긴 한숨을 들이켜며
물드는구나.
빨간 옷 곱게 입고
꽃단장하고
우리를 부르는구나.

남편이 있었으면 좋겠다

아침에 눈을 뜨면
서로 눈을 쳐다보며
굿모닝!!
인사를 나누며 함께
아침을 맞이하는
남편이 있었으면 좋겠다.

정갈한 아침을 함께 먹고
따뜻한 커피 한잔에
작은 미소로 맞이할 수 있는
남편이 있었으면 좋겠다.

바쁜 출근길
하얀 와이셔츠 위에
넥타이를 매어주며
가볍게 입맞춤을 해줄 수 있는
남편이 있었음 좋겠다.

나른한 오후
수화기 저편에서
다정한 목소리로
일상을 챙겨 묻는
남편이 있었으면 좋겠다.

퇴근길, 장미꽃 한 송이를 들고
현관을 들어서며
배고프다고 밥 달라고 하는
남편이 있었으면 좋겠다.

함께 손잡고
따스한 온기를 느끼며
산책을 하고
긴 머리 쓰다듬으면
사랑스런 눈을 주고받을 수 있는
남편이 있었으면 좋겠다.

하루를 마무리하며
다정히 끌어안고
같은 침대에 누워
긴긴 외로움을 함께 달랠 수 있는
남편이 있었으면 좋겠다.

아내가 있었으면 좋겠다

아침에 눈을 뜨면
서로 눈을 쳐다보며
굿모닝!!
인사를 나누며
밝은 미소로 답하는
아내가 있었으면 좋겠다.

국 한 그릇 맛나게 끓여주며
따뜻한 커피 한 잔에
작은 미소로 맞이할 수 있는
아내가 있었으면 좋겠다.

바쁜 출근길
와이셔츠를 챙겨주며
덤으로 넥타이를 매어주며
가볍게 입맞춤을 해주는
아내가 있었음 좋겠다.

나른한 오후
밥은 먹었을까?
무얼 하고 있을까?
궁금해서 전화 한통 할 수 있는
아내가 있었으면 좋겠다.

가쁜 숨을 몰아쉬며
떨리는 손으로
장미 한 송이 내밀 때
환한 미소로 기쁘게

받아줄 수 있는
아내가 있으면 좋겠다.

긴치마에 가디건 하나 걸치고
굽 낮은 슬리퍼를 신고
긴 머리 바람에 향기 나르고
두 손 꼭 잡고 산책을 할 수 있는
아내가 있었으면 좋겠다.

같은 곳을 바라보며
같은 꿈을 꾸며
내 품에 안기어
곤히 잠들 수 있는
내 아내가 있었음 좋겠다.

나중을 생각하라

미투운동(Me Too movement)으로
피해를 보는 사람들이 있다네.
그들이 그런 일을 저지르는 순간, 그 일을 행함으로
부와 명예와 생명까지도 앗아간
앞으로 일어나는 일들에 대해 한번쯤 생각했다면
그런 일들을 저질렀을까?

가훈처럼 늘 아이들한테
살면서 많은 선택을 해야 되고
그 선택을 행하기 전에 한 번쯤 나중을 생각하라고 말한다네.
오늘도 살아가기 바쁜 현실 속에
나중이라는 시간은 없겠지만 지금 처해있는 삶에서
한 번쯤 나중을 생각한다면
그래도 살아가는 방향을 제대로 잡지 않을까?

아이들한테 화풀이 한번 하고 싶어도
이 말들로 상처받아 나중에 또 다른 상처가
될 것 같아 참고 참았다네.

버리고 싶은 것들이 있어도
그것으로 나중에 고통이 될 것 같아서
말 한마디 생각 없이 하는 것이 훗날
부메랑 되어 돌아오지 않을까를 생각했다네.

가정을 버리는 사람들,
지금은 혼자서 풍요를 즐기겠지만
먼 훗날 낙엽 떨어지는 쓸쓸한 공원에 앉아
처량한 삶에 후회하겠지.

현실의 고통 때문에 어떤 일을 선택한다면
한 번쯤 나중을 생각하라고 말하고 싶다네.
죽고 싶은 순간 남아있는 가족들을
한 번쯤 생각한다면
많은 사람이 한강에 뛰어들지 않았겠지.

살아오는 수많은 날
고통의 순간이 찾아올 때
선택의 기로에서 늘 나중을 생각하며
살아온 지금 나중을 생각하며
글 한편을 쓰고 있다네.

산책

포플러나무 우거진 길 위에
마음을 내려놓고
산책을 한다.
곱게 떨어진 낙엽은
사랑을 속삭이고
강 언저리 곱게 피어난 물안개는
웃음 치며 미소를 보낸다.

하루의 지친 삶이
어린 양털처럼 포근하게 다가오고
벤치의 낙엽들 카펫처럼 깔려있고
작은 옹알이로 속삭인다.

길고 긴 생의 고단한 여정을
사뿐히 내려놓고
이제 산책을 시작했다.

찬바람 살결을 어루만지고
나뭇잎 없는 가지는 고단한 모습이지만
그 길을 걷는 나는
낙엽 위로 뾰족이 내민 새싹처럼
희망을 노래하며 산책을 한다.

밤하늘

까만 하늘
아기사슴 눈처럼 초롱초롱
별들이 속삭인다.

그리운 사람 그리며
눈먼 사람처럼 까만 밤
별만큼 애간장 태우며
그리운 꿈꾸며 하늘을 그린다.

살포시 내려앉은 은하계 작은 별들
흩어지는 모래알처럼
별들이 잉태되어
아름다운 삶의 그리움 소복이 쌓이고
코발트블루로 채색된 반 고흐의 그림처럼
차분하고 고요한 별은
그리움으로 잠든 영혼을 위로한다.

퇴근길 공원에서

마음의 아늑한 굴뚝이
내 하루의 지친 삶을 위로하듯
긴 한숨을 토해낸다.

두 다리 쭉 뻗고 잔디에 앉아
밤하늘을 쳐다보니
어느새 어둠은 깔리고
밤하늘 별들은 초롱초롱 떠 있네.

멀리 도서관 불빛은
영혼의 시련을 잠재우며
해맑은 미소로 화답한다.

가족들 옹기종기 둘러앉아
이야기꽃을 피우고
난 고독을 벗 삼아 시를 쓴다.

가늘게 떨리는 바람 소리는
내 고독을 지키는 친구가 됐다.

퇴근길 공원에 앉아
물줄기 불꽃 되어
음악과 함께 춤을 춘다.
행복을 찾는다.
희망을 찾는다.

내 삶 고통의 깊은 골짜기 굽이굽이 치고 올라와
지난날의 시름을 토해내며

이제는 노래한다.
기쁨을 노래한다.

퇴근길 공원에 앉아
헐레벌떡 뛰어올 친구를 생각한다.
내 삶에 그늘막 되어주고
일상을 얘기하며
환한 미소로 위로하고
지친 어깨에 팔을 감싸듯 내 삶을 위로한다.

멀리 신호등 앞 친구가 보인다.
밤하늘 수놓은 별들만큼 수다를 떨며
고독을 떠나보낸다.
행복한 미소는 공원을 감싼다.

동행 1

내 손잡아 준 그대가 있음에
외롭지 않게 길을 걸을 수 있었소.

내 손 의지할 수 없어
이리저리 휘저으며 방황할 때
슬픔이 쓰나미처럼 밀려와
눈물 흘리며 먼 하늘 쳐다보며
하늘 위 많은 별들이 서로 함께
반짝이는 게 부러워하였소.

피곤한 두 어깨를 감싸준 그대 있음에
행복한 춤을 덩실덩실 추고 싶었소.

축 늘어진 삶 속에 혼자라는 어두운 그림자는
밤새 슬피 우는 부엉새 울음소리 산천을 뒤덮어
적막을 깨려는 듯이 무서워하였소.

이제 당신과 동행할 수 있는 삶이라면
시들어가는 들꽃 하나에도 마음을 주어
꽃을 피우고 싶고
긴 한숨 내려놓고 작은 숨 곱게 쉬며
해 저무는 노을에 따뜻한 음악과
동행할 수 있고
이제 당신과 동행하는 삶 속에서
황혼을 노래하고 싶소.

꽃이 피는 아름다움도 감격이지만
꽃잎 떨어지고 열매 맺는 기쁨처럼

황혼까지 함께 할 수 있는
당신이 있어 행복하오.

동행 2

인생을 사노라면 힘들고
지칠 때가 있습니다.
그 삶 위에 함께 동행하는 사람이 있으면
행복하겠지요.

당신의 삶에 말벗이 되어드릴게요.
당신의 작은 목소리에는 귀 기울이며
온화한 미소로 대답해드릴게요.

당신의 삶에 그늘막 되어 드릴게요.
지친 삶을 쉬어 갈 수 있는 그늘 되어
이마에 흘린 땀방울 훔치고
기댈 수 있는 어깨를 내어 드릴게요.

따뜻한 가슴으로 다가가 동반자가 되어 드릴게요.
너무 힘들어 삶을 포기하고 싶어질 때
조용히 손 내밀어 잡아주며 함께라는
웃음을 머금고 불평하지 않는 길을 가겠습니다.

서로가 서로를 감싸 안는 좋은 사람 되어 드릴게요.
사랑하나 있으면 서러운 것도 힘든 것도 없이 헤쳐 나갈 수 있고
아끼는 맘으로
눈물 한 방울 흘릴 수 있는 따뜻한 가슴이 있습니다.

어느 노부부의 이야기처럼
리어카를 끌고 밀어주는 힘겨운 삶이라도
서로 위로하고
안쓰러운 눈빛을 바라보는 삶을 함께 할 수 있고

황혼의 노을을 함께
걸어갈 수 있는 사람이 되어드리고 싶습니다.

죽음의 다리를 건널 때 당신이 있어 함께 했던 길
행복하다고 말할 수 있는 당신의 삶에
동행이 되어 드리고 싶습니다.

동행3

청명한 하늘 위로
기러기 떼 춤추며 날고 있고
우리도 함께
동행하며 날고 있다.

서로 마주 잡고
달 밝은 밤, 강강술래를 하며
꿈을 향해 우리도
손에 손을 맞잡고
춤추며 노래하며 함께
동행하고 있다.

바다 저 끝에 일출의 찬란한
감격이 기쁨이 되는 것도
우리가 함께
꿈을 안고 동행하고 있기 때문이다.

한발 한발
두려움 맘으로 내디딜 때
같이 손잡아주고
동행해주는 사람 있어
용기를 내보고
꿈을 키워본다.

사람의 향기가 온 누리 퍼지는 인향마을에서
꿈 찾아 떠나는 꿈길 위해
함께 손잡고 걸어가는 아름다운 동행이다.

동행 4

회오리바람 능선을 타고 내려오고
나뭇잎 바람에 날려 산산이 흩어져
어느 집 담장에 사뿐히 앉아 세월을 인사한다.

동행하지 않으리라.
외딴길 뚜벅뚜벅 걷는 발걸음 위에
고개 삐죽이 내밀며 가벼운 포옹을 한다.

되돌아 갈 수 없는 안타까움에 몸서리치지만
내 손 잡아 이끌어 어느새 이곳에 서있다.

발자국 되돌아 볼 수 있어도
되돌아갈 수 없는 설움은 그와 동행하기 때문이다.

뽀얀 살결 어느새 깊숙한 주름을 만들고
검은 머리 파뿌리 되어 거울 속 여인은 뉘신지?

내 손 잡은 그 손 뿌리쳐 달음박질해도
어느새 다가와 내 손 잡아끄는 야속한 이여!

내 동행하지 않으려고 내 청춘을 다시 찾으려고
젊음을 다시 찾으려고 해도
야속한 동행은 내 맘을 아는지 모르는지
오늘도 내 손 꼭 잡고 묵묵히 동행한다.

오늘 1

까만 밤하늘
별만큼 쏟아지는 오늘이
또 하루를 연다.
탄생, 기쁨, 행복, 소망, 축복이
오늘을 연다.

어제 생을 마감한 이에게는
그토록 살고 싶은 오늘이겠지.
오늘을 넘길 수만 있다면
고통의 긴 적막은 오늘을 외면한다.
뚜벅뚜벅 걸어가는 세월의 걸음 속에
오늘은 스친다.

포도알처럼
하루하루는 쌓여와
포도송이 이루듯 세월을 만든다.
삶에 지친 어떤 이에게는
힘겨운 하루를 보내겠지.

사랑을 떠나보낸 이에게는
싸늘한 마음을 움켜지고
다시 못올 그 사랑에 긴 한숨만 쉬는
오늘이 되겠지.

소리 없이 왔다가
소리 없이 흘러가는 오늘이
작별 인사도 없이 홀연히 떠난다.

그래도 또
오늘은 이렇게 내 앞에 와 있다.
작은 소망 하나 들고
희망을 노래하며 오늘을 맞는다.

어떤 이에게는
생에 가장 행복한 날을
어떤 이에게는
가슴 설레는 첫사랑이 찾아오는
오늘이 되겠지.

오늘을 노래하며
내 삶 가득 행복을 꿈꾸며
오늘을 보낸다.

오늘 2

지금 시간이 흐르고 있는 이날의 밤,
그을린 달밤은 수많은 이야기를 수놓고 있다.
비어 있는 삶속에 온기를 품어주는 그리움이
따스한 모닥불 속에 숨어 있고
사랑의 속삭임들이 작은 입맞춤으로
하루를 이야기하며 꿈을 꾼다.

길고 고단한 삶은 막을 내리고
언제나 새로운 시작을 알리는 희망찬 설렘은
지금 지나가고 있는 이 순간이다.

오늘에 있어서 누구보다도 행복한 꿈을 꾸며
내일을 향해 가벼운 손짓을 하며
지나가는 이 날에 행복을 기대본다.

사고
- 진통제 열 알 1

하루에 진통제 열 알로
삶을 영위하며
고통의 시간을 보내고 있다.

눈물은 가뭄에 논바닥 갈라지듯 메말랐고
끝없이 나오는 눈물은
댐을 이룰 만큼 쏟아내고
몸은 이미 종합병원이 된지 오래다.

어둡고 광폭한 대기의 소용돌이 속에
허청거리고 삶은 공포다.

남편 역시 암 선고를 받고
희망 없이 하루하루를 살아가는 이 부부는
8년 전, 뺑소니 음주 차량에 치여
아들을 교통사고로 잃은 뒤였다.

훌륭히 키워 대학을 보내고
용돈을 벌기 위해 아르바이트를 하던 도중
사고를 당했다.

희망 없이 살아가는 폐허가 된 맘은
허공을 맴도는 영혼 없는 삶이 되었다.
뺑소니 음주 차량……

한사람이 희생되는 것이 아니라

그의 가족 모두가 희생이 되는 것이다.
사고는 지뢰가 터지듯
삶의 파편이 흩어진다.

고양이
- 진통제 열 알 2

아들을 잃고
산으로 들로 강으로
정처 없이 방황하며
떠돌던 어느 날,
들을 지날 땔쯤 눈도 제대로
뜨지도 못하는 새끼고양이 한 마리가
품속을 파고들며 매달렸다고 한다.

아직 그들에게 맘조차 줄 수 없는 상항이라
엄마 품으로 돌아가라 하고 보냈는데
그 길을 지날 때마다 품에 안기어 떠날 줄 몰랐다했다.

그러던 어느 날도 똑같은 행동을 하는 것을 보고
주변 사람들은 아마도 보통 인연이 아닌 것 같다며
데려다 키우라는 권유에 마지못해
새끼 고양이를 집으로 되리고 왔다고 했다.

그날 화장실에서 소변을 보는 걸 가만히 보던 고양이는
그날부터 변기 위에다 대소변을 보는 것은 물론
떠나간 아들의 빈자리를 채우듯 자식처럼
행동한다고 했다,

어렴풋이 아들의 습성을 많이 따라 하면서
두 부부한테는 자식 못지않은 위로를 받으며
그나마 살고 있다고 한다.

하루에도 몇 번씩 전화를 한다.
집에 있는 아빠한테 전화기를 물어다 주면서
전화를 하라고 하고
통화하는 모습을 보면 어느 자식하고 하는 것처럼
말귀를 다 알아 듣는다했다.

아빠가 술을 마시고 오는 날에는 손을 들어 코에 대며
술 냄새가 난다고 하고 술 취한 모습이 싫다면서
세탁기 안으로 들어가 숨는다고 했다.

반려동물……
말없이 묵묵히 주인들 곁에서 느끼는
그들의 눈동자에서 표정에서 위로받고
기쁨을 얻고 사랑을 준다.

웃을 일 없는 한 가정에 따뜻한 사랑을 심어주는
고양이가 사랑스럽다.
어쩌면 고양이라는 말조차도 입 밖에 낼 수 없는
아들 같은 존재일지도 모른다.

자는 동안도 아픈 소리를 내면 머리를 쓰다듬으며
조용하면 죽었는지 확인하는지
코와 입에 대고 숨소리가 나는지 확인한다고 하니
어느 자식보다도 소중한 존재인 것 같다.

신과 함께

천년을 살아도
용서받지 못하고
용서하지 못하면
죄 또한 용서받지 못한다.

세상 모든 사람들 죄를 짓고 살지만
그중에 용기 있는 사람만
용서를 구하고
그중에 몇 명만이 용서를 받을 수 있다.

무엇이 고통인가?
용서 하지 못해서
아니면
용서 받을 수 있는
시간을 놓쳐서
악한사람은 없다고 했다.
다만 악한 환경이 될 뿐이지.

분노
욕심
시기
모든 죄의 씨앗이다.
죄는 참혹한 현실을 낳고
절망의 깊은 곳에 빠진다.

천년의 세월을 침묵으로
살아가는 저들의 삶속에

그들의 지은 죄를
용서받고
용서하고 싶어하듯
내가 살아가는 지금 이 순간
알게 모르게 지은 수많은 죄들 앞에
간절한 맘으로 용서를 구한다.

러브합시다

궁금한 게 있소! 러브말이요.
벼슬보다 높다 하지 않았소.
명예보다 위대하다고 하지 않았소.
기어이
기어이
목숨을 걸게 만드는 게
그 러브란 말이요.

우리 러브합시다.
러브의 뜻을 아시오.
알고 있소.
왜 대답이 없는 것이요.
가슴이 조여와
심장이 터질 것 같소.

궁금한 게 있소! 러브말이요.
아직 생각중인 거요.
합시다. 러브……
나랑 같이 겨우, 한번
그 한 순간 백번을 돌아봐도
이 길 하나뿐이요.

우리 그거 합시다. 러브

바다

쪽빛물결 알알이 넘실대며
줄을 서서 들어오는 파도는
흰 거품 한입 내뱉고
또 어디로 사라진다.

갈매기 한 쌍 그 위를 자유롭게 날고
수평선 가까이 돛단배는
움직일 줄 모른다.
끝은 어딜까?
쉬지 않고 움직이는 바다의 물결……

쉬지 않고 달려온 지난날의 삶이
바다의 물결을 닮은 것일까?
붓으로 그려놓은 듯한
초록빛 아래 쉬지 않고
움직이는 물결은
비단 한필의 고운물결처럼 흘러내린다.

잡념과 생각들을 내려놓고
가까이에서 바다를 지켜본 건
생에 처음이겠지만
바다를 넋 놓고 보고 있다.

조잡한 시어로 바다를 표현하기조차 부끄러운
대자연의 웅장함 앞에
영감을 점령당한 것 같다.

그저 한없이 바라볼 뿐이다.

그리움

홀연히 내 가슴에 사뿐히 날아와
맘 가운데 작은 텃밭을 만들고
잔잔한 강가에 돌을 던져
파장이 일어나
내 맘 작은 여울을 만든다.

깃털처럼 가벼운
그리움의 씨앗은
꽃보라 바람에 날리어
웅크린 가냘픈 몸으로
기지개 펴고 텃밭 한구석
깊숙이 자리 잡아
그리움을 키운다.

텅 빈 허전한 맘보다
그리움의 씨앗은
화단 가득 피어난 꽃 한 송이처럼
마음의 꽃 활짝 피우고
해를 따르는 해바라기처럼
그리움을 바라본다.

실연

구멍 난 것처럼
시린 가슴
바닷물 빠져나가고
덩그러니
남아있는 알몸의
모래알처럼
낱낱이 흩어진 가슴은
분노를 낳고
사랑에 대한
열망으로 집착을
낳는 것일까?

가장 훌륭한 포도주가
가장 독한 식초로 바뀌듯이
깊은 사랑도
한순간 혐오로 바뀐다.

한 그리움이 다른 그리움에게

그리움은 마른 장작 한 아름 불을 지핀다.
활활 타오르는 불길을 온몸으로 태우며
온돌방 밑 깊숙한 고래로
오장육부가 타들어가는
고통을 통해 굴뚝을 향한다.
열기는 방안 가득 피어나고 굴뚝은
타는 애환을 노래할 뿐
매캐한 연기에 한숨만 쉴 뿐이다.
바라보는 연민은 그리움으로 남아
따뜻한 온기를 주고 싶어
온몸을 태우며 불사르지만 긴 한숨만 토해낼 뿐
아무 말 없이 묵묵히 서 있을 뿐이다.
그리움의 끝은 어딜까?
그리움은 청솔가지 한 아름 불을 지핀다.
그리움은 한이 되어
온몸 불사르고 긴 혀로 날름대며
깊숙한 고래로 숨어 들어가지만
활활 타오른 불길은 온방 가득 스며들고
미련한 듯 서있는 굴뚝은
검은 연기 풀어헤치고
눕지도 못하고 서있다.

카페

고요한 창밖, 저녁노을
지친 영혼의 따뜻한
향기로 감싸고
낯선 이의
애달픈 사연은
봄날 눈이 녹듯 없어지는
따뜻한 차 한 잔 마시는
카페가 좋다.

차가운 바람 살갗
깊숙이 파고들고
그리움 가득 안고
낯선 문 열고 들어서
손 흔들고 반겨주는
내 오랜 친구와
따뜻한 차 한 잔
마시는 카페가 좋다.
따뜻한 향기는
입안 가득 퍼지고
쓴 커피 한잔은 넉넉한
삶의 잔잔한 물결을
만드는 카페가 좋다.

김밥

까만 밤, 수놓은 별들처럼
하얀 숨결 살포시 내려앉아
은행잎 노랗게 물들어 그 위에 앉고
초록색 어여쁜 옷을 입고 다가와
흰 머리 고운 빛깔 탈색되어
노란 단무지로 변하고
그 위 개나리 노란빛 앉으니
이방인 어험 헛기침하며
깻잎에 곱게 싸여
그 위에 앉는다.

바람에 낙엽 굴러가듯
살살 굴리면
맛있는 김밥이
탄생한다.

구름

한 조각구름 떼어다가
생각 한 조각 맘 위에 살포시 대본다.
생각한 조각구름 같이 둥실둥실 떠있다.
생각 한 조각구름 위에 올라놓고
잠시 뒤돌아보면 없어지고
또 다른 생각 먹구름처럼 밀려와
금방이라도 눈물날것처럼 어두워진다.

한바탕 소나기 뿌리고
해님 뒤에 숨어 보조개 쏙 들어간
어여쁜 모습을 하고 나타난 뭉게구름처럼
사랑과 행복의 가득한 생각이 나타난다.

파란 하늘 가득 떠 있는 구름은
우리 맘 가득 채워있는 생각이다.
물감을 들인 듯 청아한 하늘 위에
구름 한 점 없다면
내 맘 속에 아무 생각이 없다면
흘러가는 구름이듯 삶과 생각들은 흘러간다.

정처 없이 어제와 오늘이 다르듯이
내일도 또 다른 구름이
파란 하늘 가득 메우겠지.

바다의아침

눈이 부셔서 바다를 볼 수 없습니다.
밤새 들썩이며 애환을 노래하던 파도는
잔잔한 물결 위에 찬란한 태양을 잉태하고
지금 바다는 반짝이는 은갈색 향기가
쪽빛 바다 위를 수놓고 있습니다.

오늘 갈매기는 짝을 잃었나 봅니다.
짝을 찾아 은빛 바다 위를 정처 없이 맴돌고
구슬피 우는 소리가 들리는 듯
파도가 말해주는 듯 평화롭기만 합니다.

바다는 그 자리에 어제도 오늘도
욕심을 버리고 알몸으로 그 자리에 있는데
사랑과 용서로 내일도 그 자리를 지키는데
작고 초라한 내 모습은 욕심과 시기로 가득합니다.

아침바다를 보며
바다만큼은 아니라도 한줄 넘실대는 파도에
일렁이는 잔물결만큼이라도
넓은 맘을 가지고
세상을 살아가고 싶은 아침입니다.

커피

에스프레소 쓴맛이 입안 가득 퍼지며 온몸을 파고든다.
쓴 향기는 마음 깊숙한 곳에서 사랑을 만들고
연인의 향기처럼 감미로운 카푸치노 한잔은
혀끝에 맴도는 매혹스러운 선율처럼 밀려온다.
휘핑크림 한 모금은
첫 키스의 달콤함이 입 안 가득 스며든다.
헤이즐넛 은은한 향기는
첫사랑의 설렘을 느끼게 하고
모락모락 피어나는 사랑의 씨앗의 거름이 되어
삶 한가운데 쌓인다.
커피믹스 한잔은 어느 무식한 부부의 이야기처럼
무식하고 털털하지만
아름다운 조화는 부드럽고 따뜻하고
달콤한 우리의 삶처럼 향기마저 아름답다.
쓰디쓴 커피 한 잔은 행복을 전하는 전도사요.
사랑을 전하는 파수꾼이다.

기쁨의 나무가 자라는 곳

비바람 불지 않고 구름 한 점 없으면
사막이 되듯이
시련이 없다면 고통이 바람의 칼날처럼
스며들지 않는다면
삶은 사막이 된다.

꿈, 희망, 행복, 사랑
바람처럼 왔다가 사라지는 신기루
끝없는 갈증은 분노를
일으키고 집시 여인처럼
지쳐 쓰러져 곤한 잠을 잔다.

희망의 샘이 솟고
생명의 풀과
기쁨의 나무가 자라는 인향이
삶의 오아시스다.

Love is blue

가을비 추적추적 내리고
회색빛 도시의 창가는
우울한 빛이다.
창가에 스치는 작은 눈물은
누구의 이별 상징일까
장밋빛 사랑의 아름다운 속삭임도
달콤한 눈빛도
아스라한 기억 속에 촛불 되어
흔적 없이 사라지고
떠나간 이별을 노래한다.
Love is blue
Love is blue
이별이 아픔이 아니라고
애써 우겼지만
저만치 떠나간 이별은
차마 바라볼 수가 없다.
사랑한다는 말 대신
미안하다는 말은
할 말을 잃게 하고
떠나간 뒷모습 물거품 되고
나를 위해 흘리던 눈물도
이젠 끝이 되었다.
Love is blue
Love is blue

가난

멘탈(mental)이 붕괴되고
자아가 상실되며
자존감은 땅에 떨어져
주워 담아도 담을 수 없고
입으로 튀어나오는 말들은
모두 부정적이며, 비관적이며
삶에 어떤 노력도 기울이지 않고
자기만의 공간에서 자신을 가두어 놓고
아무에게도 보이지 않고
자기만 뿌리 없는 나무처럼
허공을 맴도는
정신적 가난!

남이 잘되는 것을 용납할 수 없고
분노를 참을 수 없고
힘없고 약한 자들을 무시하며
갑질하고
돈 있다고 자랑하고
똑똑하다고 의시 대며
모든 것을 안다고 아는 체하는
정신적 가난

벗어나기 위해 노력이 필요하다.
경제적 가난은 채우기 쉽지만
정신적 가난은 많은 노력이 필요하다.
정신적 가난을 벗어나기 위해
무엇을 노력했으며
노력하고 있는지……

경제적 부자보다
정신적 부자가 되고 싶다.
모든 사람을 포용하고 위로하며
나로부터 전달되는 에너지가
다른 사람에게도
많은 시너지 효과를 낼 수 있는
정신적 거부가 되고 싶다.

물

한줄기 물이 되고 싶다.
도랑물 졸졸 흐르는 물이 되어
송사리와 가재가 노니고
깊은 산 옹달샘 되어서
노루와 고라니, 오소리 몰려 와 목을 축이고
논물 되어 농부의 시름을 덜어주고
뙤약볕 힘든 일하는 막노동 일꾼들에게
한 병의 생수가 되어 주리라.

한 방울 물이
도랑을 만들고
도랑가 물꽃 보라를 만들어주고
흘러, 흘러
개울을 만들고
개울가 숲 언저리 쉼터가 되어주며
강을 만들어
물안개 피어오르는 추억을 먹으며
호수를 만들고
호숫가 가로수의 먹이가 되어주며
댐을 만들어
바다로, 바다로
흘러, 흘러
정처 없이 떠도는 한 방울의 물이 되리라

눈(eye)

길가 가물가물 피어있는 아지랑이를 보았는가?
눈 덮인 산허리 뾰족한 입술 내밀고
곱게 피어나는 진달래를 보았는가?
꽃잎이 떨어져 온 산천 신록으로 물들 때도 보았는가?
청명한 하늘 위에 구름을 보았는가?
아름다운 꽃을 보았는가?
그리운 사람을 보았는가?
세상을 보았는가?
억새같이 우거진 황폐한 삶의 절망도 보았는가?
바람 속에 흔들리는 갈대의 슬픈 울음소리도 보았는가?
눈부시게 맑은 날 행복의 폭죽이 하늘을 가리는
사랑을 보았는가?
깊은 눈물의 골짜기 하염없이 쏟아지는 눈물 소리를 보았는가?
어느 한곳에서 같이 동행하며
행복의 꿈을 보며
사랑의 외침을 보며
마음의 창을 만들어
깊고 그윽한 향기를 뿜는다.

만남

그리운 사람들
따뜻한 차 한 잔으로 긴 웃음을 머금고
삶의 아름다운 이야기를 토해내며 추억을 먹는다.

각자의 인생에
조그마한 행복의 천막을 치고
마음과 믿음을 주고받으며
행복의 징검다리를 건너는 사람들

분주히 움직이는 삶 속에
서로를 이해하고 따뜻한 사랑을 주고
함께 가기를 소망하는 만남은
살아가는 이유가 된다.

진눈깨비 추적추적 내리고
축축이 스며드는 차가운 날,
첫 만남은 깊은 사연을 담아
노래를 부르고
돌고 돌아 수십 년의 세월을
스치고 지나왔지만
그 모습 그 사랑 변함없는 만남이다.

노래를 부르고
하모니카를 부르고
오카리나를 불고
우크렐레를 연주하며
만남의 하모니를 만든다.

가래떡

말랑말랑한 사랑 한 움큼 전해주며
가슴 뭉클한 따뜻한 정을
느끼게 하고

아득한 추억으로
살포시 다가가서
화로에 석쇠를 놓고
맛있게 구워
동심의 배를 부르게 하고

순백옷을 입은
한결같은 모습으로
길게 누워 행복을 전해준다.

이런 만남

우리 이럴까요.
다른 사람 허물을 예기하지 말아요.
내 생각처럼 다른 사람이
나와 같을 수 없죠.
그 사람에게도 나름의
삶의 철학과 삶의 믿음, 살아온 연륜이 있으니까요.

우리 이랬으면 좋겠어요.
진심으로 서로를 사랑했으면 좋겠어요.
사랑만큼 서로를 감싸주며
환한 미소를 보내며 모든 허물을 감싸주며
따뜻한 가슴으로 감싸주는 마음을 가졌으면 좋겠어요.

우리 이렇게 해요.
날마다 연락을 못 하고 살아도
그래도 만날 구실을 찾아 만나고
파란 하늘 구름 한 점 없는 것처럼
우리 맘에 순수한 맘을 담아 티 없이
맑은 영혼으로 우리 만나요.

우리 아름다운 하모니를 만들어 봐요
각자의 생각을 이야기해도
그 이야기에 아름다운 곡을 붙이듯
서로의 이야기에 귀 기울이며
4중창의 아름다운 노래를 불러 봐요.

우리만이라도 꼭 이렇게 해요.
욕심을 버리고

서로의 불만을 말하기 전에
불만을 가지지 말며
세상에서 가장 좋은 사람들로
우리를 생각하며 함께 해요.

우리집 아저씨

우리집 아저씨를 처음 만난 순간부터
나에게 푹 빠졌다.
만나는 순간 그 눈빛을 잊을 수 없다.
맑은 눈빛은 언제나 나를 응시하고
내 사랑에 그도 갈망한다.
내가 머무는 곳, 그도 항상 머문다.
퇴근 후, 반드시 포옹하면
반가움에 몸서리치며 안아주지만
그리 오래 내 품속에 있지는 않는다.
내 곁에서 항상 잠드는 우리집 아저씨는
늘 나에게 등을 돌린다.

눈을 떠보면 애처로운 눈빛으로
무엇인가를 요구하는 눈빛에서 눈물을 건넨다.
시끄러운 소리가 집안 가득 진동하는 것은
우리집 아저씨가 코를 고는 소리가 크기 때문이다.
우리집 아저씨는 늘 혼자서 집에 있다.
아주 조용하고 의젓하며 기품 있는 모습은
내가 사랑하기에 충분한 이유가 된다.
그 어느 것 보다 깊고 큰사랑을 함께한
우리집 아저씨를 사랑한다.

출근시간 애틋한 표정은 발길을 멈추고
간식 하나 쥐어주면
뒤도 안보고 돌아간다.

반갑다, 친구야

수없이 지나온 인연들 가운데
언제보아도 반가운 것은 친구다.
반갑다. 친구야!
악수 한번 하는 것으로 삶의 회포를 풀며
우정이라는 명목 아래 즐거움을 찾는다.
시집온 새아씨의 발그레한 볼처럼
수줍은 듯 다가가도 따뜻한 맘으로 반기는 친구들
각자 삶에서 인생의 계단을 단단히 하며
반백년의 삶은 또 다른 회한을 가져온다.

인생의 향연을 꿈꾸며 살아온 세월 동안
위로가 되며 힘이 되었고 동지가 되어 주었던 친구
같은 교정에서 웃고 떠들며 공부하고
각자의 꿈을 꾸며 어깨동무하고 지내온 동창생
입에 담지 못할 욕 한마디에도 박장대소하는
우정의 흐뭇한 향기는 친구라는 이름의 사랑을 노래한다.

반갑다. 친구들!
오랜 시간 함께하며 따뜻한 맘으로 오랫동안
식지 않는 우정을 노래한다.

어느 날의 기분

네온사인의 불빛일까
무지갯빛 색깔일까
까만 밤하늘 별들만큼 스며든다.

독수리 날갯짓으로
하늘을 날 것 같다가도
지하 수천 미터 들어가는
탄광의 어두운 그림자를 밟으며
탄식의 소리가 들리고
함박꽃 같은 웃음을 머금다가도
어떤 이유로
절망의 그림자가 달려들고
흥미와 열정이라는 좋은 맘도
아기자기한 즐거운 맘도
연말연시 들뜬 맘도
불확실 속에 오는 불안한 맘도
헤어질 때의 섭섭한 맘도
기쁜 소식이 말하는 따뜻한 맘도
행운의 열쇠처럼 희망의 맘도
오늘의 기분은 나를 무너뜨린다.

파도처럼 달려와 무차별 무너뜨리고
잔잔한 물결처럼 어루만지며
모래알처럼 헤아릴 수 없는 기분에
노예가 되어간다.

아들의 여자친구에게 보내는 편지

예쁜 손편지로
유럽여행에서 가장 맛있는 커피를
사 왔노라며 써서
커피와 함께 받은 그 날,
많이도 설렘이 있었어.
아들의 여자친구라고
수줍은 듯 밝히는 작은
글씨 속에는 기쁨의 향기가 있었지.

수년의 시간을 묵묵히 지나오며
아들의 좋은 여자친구가 되어준
따뜻한 맘속에 행복의 꽃다발을
전하고 싶어진단다.

사랑하는 아들의 여자친구,
언제나 어색하고
때론 불편한 존재가 우리일진대
그래도 내 맘 털털함 같이
네 맘도 털털하게 다가오렴.

내가 부족함이 많으니
너도 부족한 듯 함께 하자.
아들의 징검다리를 의지하여
우리가 만나서
다정히 함께하며
같은 학교에서 배운 동문처럼
우리도 이 가정의 동문으로
만나서 언제나 반가운 동문처럼

우리도 반갑게 살아가자.

욕심 없는 인생에 초라함은 있지만
절대 불행하지 않는 삶을 이루며
행복을 꿈꾸는 미소를 바라보자

한 가지 약속은
엄마보다도 남자 친구의 엄마가
더 좋다는 이야기를 들을 수 있도록
사랑할게.
사랑해.

십자가의 향기

십자가의 향기가 온 세상을 덮는다.
베들레헴 마구간 구유에서
가장 고귀한 모습으로 소리 없이 퍼지느니라.
보라, 아기의 탄생은 임마누엘이라
유대 베들레헴아
다스리는 자가 나와서
이스라엘의 목자가 되리라.
목동들의 경배는 아름다운 사랑이라
동방박사들의 별을 좇아
아기께 경배를 하노라.

천군천사가 노래하리라.
평화를 노래하리라.
사랑을 노래하리라.
행복을 노래하리라.
축복을 노래하리라.
온 누리 향기가
굶주린 영혼의 생기를 부르리라.

지쳐 잠든 나그네의 외투가 되리라.
죽어가는 생명의 촛불이 되리라.
어두운 골목의 길을 밝히리라.
인류를 위해 오신 이여!
다윗의 후예 메시아여!
사랑과 평화의 향기를……

일몰

장엄한 대지의 감흥은 거울 속으로 스며들고
잔잔히 스며드는 애상은 그리움을 만든다.

뉘우침 없는 삶의 모습은
매일 매일 찾아드는 일몰을 보는 듯
젖어드는 태양에 걸쳐 놓는다.

대자연의 광염함에 절규를 토하고 사라지는 듯
다시 솟아오르는 일출은
또 다른 일몰의 시작이다.

도율

입가의 미소에
천사를 부르는 도율아!
초롱초롱 눈망울은
밤하늘 별들만큼 반짝이고
보석의 화려한 몸짓은
갓 피어날 목련꽃 봉오리의
희망을 노래하는 도율아!
이야깃주머니 한가득 안고
사랑을 담은 도율이는
파란하늘 날개에
무지개를 달아
꿈을 이야기하는구나.

요양원

맑게 피는 연꽃처럼
수줍은 듯 웃고 계신 어르신

흘러가는 세월의
아픈 흐름으로 걸어오신 길

삶의 훌륭한 자국들은
애처로워 눈시울 적시며
희미한 기억은 안개꽃 한 아름
가슴에 묻고 가냘픈 몸은 작은
휠체어 의자에 싣고 침묵의 모서리는
그 자리를 지키고 있다.

한발 한발 걸어오신 세월의 흔적들은
파편처럼 날아가 버리고
덩그러니 놓여있는 삶의 무게는
분가루 향기 되어 머문다.